NOTE

MÉMOIRE A CONSULTER ET SUR LA CONSULTATION

Produits par M. Maximilien VAYSON.

Les conclusions de M. Jean Vayson étaient rédigées et déjà livrées à l'impression, lorsque, sous le titre de Mémoire à consulter, a été distribué un imprimé dont le but paraît être de déplacer le terrain de la discussion, et de jeter la confusion dans le
débat.

La nécessité dans laquelle se trouve M. Vayson de répondre sé-
parément à ce Mémoire, ainsi qu'à la Consultation qu'il a pro-
voquée, aura du moins pour avantage de faire mieux ressortir
la véritable physionomie des procès qui ont été soumis aux deux
juridictions civile et commerciale de l'arrondissement d'Abbeville,
et les différences qui se produisent, tant en fait qu'en droit,
entre le système présenté devant la Cour, et celui qui a été dé-
veloppé, et dans les doubles écritures, et dans les doubles plaidoieries de première iustance. A la rigueur les moyens de droit
peuvent être modifiés, mais le fait est inexorable et reste toujonrs
le même.

Baltu sur les questions de droit, telles qu'elles ressortaient des
documents produits, M. Maximilien Vaysoa refait courageusement le
point de fait de sa cause : ce qu'il n'a pas dit, ce qu'il n'aurait

pas osé dire devant les premiers juges, le Mémoire l'affirme devant la Cour ; ce qu'il avait concédé, le Mémoire essaie de le rétracter : les livres, les lettres, ses propres écrits, tous les documents du procès étaient contraires en fait à sa prétention, on l'avait cru du moins jusqu'ici, et l'on avait plaidé, de part et d'autre, beaucoup plus sur la question de savoir s'il existait des libéralités valables en droit, que sur la question de savoir si, en fait, M. Maximilien Vayson avait réellement voulu faire des libéralités. La déclaration seule du 13 août 1856 commandait à M. Maximilien Vayson et à ses conseils la plus extrême réserve sur ce dernier point. Eh bien ! M. Maximilien Vayson ne cherche plus seulement à atténuer la valeur juridique des documents produits ; c'est lui qui les invoque, qui les revendique tous à l'appui de ses prétentions ; car désormais tous reçoivent une explication qui les transforme et qui, en les enlevant à M. Jean Vayson, comme preuve des libéralités dont il est en possession, en fait autant d'arguments pour démontrer que M. Maximilien Vayson n'a ni fait ni voulu ces libéralités.

Quels sont les procédés à l'aide desquels l'appelant a essayé cette transformation ? C'est ce que la Cour comprendra, en prêtant une bienveillante attention aux quelques observations qui vont être présentées sur chacune des parties distinctes qui composent le Mémoire à consulter.

§ 1er. — Préambule du Mémoire.

M. Maximilien Vayson se dit profondément blessé, surtout du texte du jugement du Tribunal de commerce. Les juges consulaires n'ont pas voulu croire que M. Maximilien Vayson avait eu, dès 1850, et jusqu'en 1856, la pensée d'abuser son neveu par des libéralités chimériques qui auraient fait de Jean Vayson le jouet d'une erreur perpétuelle et d'une tromperie permanente : Ils ont opposé M. Maximilien Vayson à lui même, c'est-à-dire M. Maximilien Vayson, tel qu'il s'était montré dans le passé, à M.

Maximilien Vayson, évidemment dominé par une influence étrangère, et se donnant, dans le plus étrange des procès, un caractère en contradiction avec celui sous lequel il s'était attiré la sympathie et la considération publiques. C'est dans ce sens que le Tribunal a dit que le système plaidé au nom de M. Maximilien Vayson n'était pas moins contraire à la loyauté du caractère de l'homme, qu'à la vérité des faits notoirement connus.

Cette appréciation, si pleine de modération et de justesse, c'était avant le jugement, et c'est encore aujourd'hui celle de M. Jean Vayson, qui ne croira jamais que son oncle, que son père adoptif ait voulu le tromper par de feintes libéralités ; ce qu'il croit fermement, c'est que l'ancien bienfaiteur, dont les exigences impérieuses de son avenir et de son crédit personnel le contraignent à être l'adversaire, ne donne que son nom à des prétentions qui ne peuvent appartenir, ni à son esprit élevé, ni à son cœur affectueux, mais qui sont l'œuvre intéressée d'une influence et d'une pression étrangères.

Est-il admissible que M. Maximilien Vayson ait jamais voulu, spontanément et de lui-même, la ruine de son neveu, si tendrement et depuis si longtemps affectionné? Est-il admissible qu'il ait froidement songé, sans se reporter à un passé qui est encore si proche par la date, quoique si éloigné par les faits, à briser une carrière commerciale qui ne peut se soutenir, dans la position élevée que lui a faite M. Maximilien Vayson, que par aconservation les ressources qui sont nécessaires à son maintien et là sa continuation?

Est-il admissible que ce soit M. Maximilien Vayson qui donne un tel démenti aux trente dernières années de sa vie, que non-seulement il redemande judiciairement à son neveu ce qui est aujourd'hui en litige, mais qu'il ait redemandé, avant le procès, *plus même* que ce qui aurait été jamais donné par lui, comme si son désir eût été de ne plus même laisser, en mourant, à M. Jean Vayson la reconnaissance du moindre de ses bienfaits antérieurs?

C'était là, en effet, ce que faisait, avant l'introduction de la première des deux instances, M. Maximilien Vayson, qui ne craignait pas de réclamer, par voie de redressement de son compte courant avec son neveu, une somme d'environ 460,000 fr., en dehors de laquelle se trouvaient encore : 1° la réclamation du mobilier industriel d'Abbeville, évalué à 100,000 fr. ; 2° celle du mobilier industriel de Pont-Remy, évalué à 65,000 fr. ; d'où il résulte que le montant total des réclamations produites par M. Maximilien Vayson, et qui, à quelques mille francs près, s'appliquent, suivant M. Jean Vayson, à des libéralités consommées, s'élève à la somme approximative de 620,000 fr., somme supérieure à toutes les libéralités, tant celles rétractées aujourd'hui, que celles qui ne doivent l'absence de rétractation qu'à l'impossibilité de ne pas les respecter.

C'est ce fait qu'il importe de démontrer immédiatement, pour mettre nettement en lumière le véritable caractère du procès.

Si l'on adoptait le chiffre de 281,000 fr., présenté dans le Mémoire à consulter (pages 41 et 42), comme résumant l'importance des avantages irrévocablement acquis à M. Jean Vayson, en dehors du procès actuel, les 620,000 fr., réclamés à l'origine par M. Maximilien Vayson, n'absorberaient pas, il est vrai, les 281,000 fr. réunis aux 309,000 fr. et aux 65,000 fr. qui demeurent litigieux devant la Cour, puisque ces trois dernières sommes réunies donnent un total de 655,000 fr., mais il faut reconnaître que le chiffre des libéralités qui demeureraient intactes, serait au moins bien affaibli : M. Maximilien Vayson n'aurait plus certainement le droit de se présenter comme un oncle exceptionnellement magnifique.

Mais il faut retrancher des prétendus avantages réels acquis à M. Jean Vayson : 1° les 75,000 fr., évaluation d'une sorte de pas de porte, qui jamais ne se paye dans une cession de manufacture, comprenant un mobilier industriel, dont l'évaluation est plus ou moins arbitraire, toutes les matières premières et toutes les marchandises à prix d'inventaire, enfin tous les recouvrements, sans autre déduction que le rabais à subir par le cessionnaire, de la part des débiteurs cédés,

Ce n'est pas dans ces sortes de cessions d'affaires, où il faut des capitaux si considérables pour les entreprendre, et où, s'il y a intérêt à s'en assurer les bénéfices probables, il y a, non moins intérêt à se décharger de leur fardeau sur un successeur souvent difficile à rencontrer, qu'il est possible, et la pratique le constate, de donner un prix à la cession proprement dite de la suite des affaires.

2° Les 14,248 fr. 64 c. qui se composent d'un passif à payer et de rabais présumés sur les recouvrements, et qui ne comprennent aucune remise ou déduction libéralement faite, en dehors de l'usage commercial, sur la balance régulière de l'inventaire.

3° Les deux sommes de 32,204 fr. 70 c. et de 6,194 fr. 94 c., qui constituent l'avantage prétendu qu'aurait eu Jean Vayson de jouir à raison de 5 au lieu de 6 0[0, d'abord d'un capital *commercial* de 519,034 fr. 86 c., et ensuite de ce même capital réduit à 309,737 fr. 94 c. En effet, M. Maximilien Vayson ne peut, sans contradiction avec son propre système, faire considérer tout ou partie des 519,034 fr. 86 c., comme un capital *commercial*, puisque sa prétention est que ce capital aurait été par lui *confié*, à l'époque à laquelle il cessait d'être commerçant, à son neveu Jean Vayson, pour l'aider dans son commerce; si l'on reconnaît qu'il y a eu une cession générale de toutes les valeurs composant la balance de l'inventaire, cession dont le prix aurait été précisément une somme égale à l'importance de cette balance, alors le capital dont il s'agit était, ou plutôt avait été, pour M. Maximilien Vayson, un capital commercial qui perdait ce caractère le jour où M. Maximilien Vayson cessait d'être commerçant; il n'y a donc, de ce chef, aucun avantage, et M. Vayson, qui n'était pas banquier, qui confiait, quel que soit le sens de ce mot dans la cause, les 519,034 fr. 86 à son neveu, n'aurait pu, sans percevoir un intérêt illégal, stipuler un intérêt supérieur à celui de 5 0[0 : cela est si vrai que si cet intérêt n'avait pas été déterminé par les parties, c'est l'intérêt de 5 et non celui de 6 0[0 que les tribunaux auraient très-certainement fixé.

Déduction faite de ces quatre sommes, qui ne constituent aucune libéralité, le chiffre de **281,000** ne s'élève plus qu'à **153,000**, qui, s'ajoutant au chiffre des libéralités rétractées aujourd'hui, donne pour total **527,000fr.**, c'est-à-dire une somme inférieure à celle de **620,000 fr.** que M. Maximilien Vayson réclamait à son neveu avant d'intenter le procès, au risque, non seulement de lui retirer le bénéfice de bienfaits consommés, mais de lui enlever une notable partie de son patrimoine personnel.

Nous ne laisserons pas non plus sans réfutation, quoique M. Maximilien Vayson ait reculé, au moment de les porter en ligne de compte dans la somme de ses bienfaits : 1° les **18,106 fr. 96**, constituant la prétendue réduction faite par l'oncle, lors du règlement de la succession de Mme Vayson ;

2° Les **30,000 fr.** pour la valeur présumée des intérêts d'une somme de **60,000 fr.**

Pourquoi n'a-t-on pas insisté sur la réalité de ces avantages, qui se résument cependant par des chiffres relativement considérables ? c'est parce que l'on sait bien que M. Jean Vayson, qui ne pouvait s'empêcher de signer, sans examen et sans contrôle, l'arrangement du 7 août 1836, trouve plutôt, dans cet arrangement, un préjudice qu'un profit.

La remise des intérêts, aléatoire quant à sa durée, est compensée et au delà par le chiffre d'au moins **40,000 fr.**, porté à la charge du neveu, comme légataire de sa tante. Ces **40,000 fr.** ou environ, auraient été dépensés, dans le cours de vingt années, en travaux d'entretien ou d'amélioration, sur une maison propre à Mme Vayson, qui l'avait acquise de M. Maximilien Vayson, plusieurs années avant son mariage, moyennant le prix de **30,000 fr.**

M. Maximilien Vayson, quoique séparé de biens d'avec sa femme, était l'administrateur de sa fortune, et les dépenses qu'il faisait à l'occasion d'un des propres de celle-ci, devaient être, au moins dans une large proportion, considérées comme prélevées sur les revenus de cette fortune.

M. Jean Vayson ne s'est même pas préoccupé de ces questions, qui ne pouvaient avoir d'intérêt que vis-à-vis d'un autre que son oncle et bienfaiteur, celui-ci rédigeait et le neveu signait immédiatement, même sans lire.

Nous n'abandonnerons pas cette récapitulation complaisante, présentée par M. Maximilien Vayson (pages 41 et 42 de son Mémoire à consulter), sans rappeler qu'il y fait figurer une somme de 100,000 fr. représentant le mobilier industriel d'Abbeville, reconnaissant ainsi que ce mobilier est donné, lorsque, cependant, il l'a réclamé d'abord extra-judiciairement, et ensuite judiciairement devant le tribunal civil d'Abbeville ; s'il eût gagné son procès, sur ce point au moins, il eût induit la Justice en erreur, et il eût dépouillé son neveu, en connaissance de cause, de l'une des parties les plus importantes, et par son prix, et par sa nécessité pratique, de son établissement industriel.

Nous résumant sur la note récapitulative des 281,401 fr. 39 c., combinée avec les réclamations actuelles, avec celle résultant du redressement de compte, se chiffrant environ par 620,000 fr., et avec les aveux qui se produisent tardivement devant la Cour, relativement au mobilier industriel d'Abbeville, nous sommes péniblement affectés, en étant contraints de reconnaître, d'abord que M. Maximilien Vayson n'a pas seulement voulu reprendre les choses qu'il avait données, ce qui déjà est fort peu légitime, mais n'a pas craint de demander beaucoup plus que ce qui était sorti de son patrimoine ; et ensuite, qu'il a nié énergiquement, jusqu'aux pieds de la Justice, une libéralité de 100,000 fr. dont il reconnaît aujourd'hui la réalité

M. Jean Vayson a bien raison de penser que ce n'est pas de son oncle bien aimé, de son père pendant trente années, qu'émanent tous ces actes successifs, où il ne reconnaît aucun vestige de sa tendresse, aucun des traits de son caractère. — Une affection aussi profonde ne peut s'être transformée, si subitement et sans motifs avouables, en une inimitié plus profonde encore, sans qa'une pression plus énergique que la force de volonté de M. Vayson, lui ait imposé sa domination.

Ceci posé, on ne pourra plus se méprendre sur les intentions de Jean Vayson qui, ne pouvant déserter les nécessités d'un procès qu'il n'a pas fait, mais dont son avenir tout entier dépend, est contraint de méconnaître et de rectifier ce qui n'est pas exact, et de discuter, avec modération, mais avec vérité, tous les actes et toutes les allégations qui lui sont opposées, encore bien que tout cela se produise sous le nom de l'homme auquel il a toujours rendu, en affection et en respect filial, ce qu'il recevait de lui en témoignages de tendresse et de dévouement paternels.

§ 2. — Première période du 28 février 1855 au 25 juin de la même année.

Cette période est purement imaginaire ! la date du 25 juin. — Ces trois écrits (instruction, bail et traité résolutoire) — la prétendue *addition* au compte capital de Jean Vayson, du 1er mars 1850, de l'article du mobilier d'Abbeville, à une époque différente de celle à laquelle a été portée, dans ce même compte, la somme de 519,054 francs 86 c., la supposition d'une facture communiquée par Jean Vayson, pour le mobilier d'Abbeville ; les prétendus rabais obtenus par Jean Vayson, sur le prix réel des valeurs d'inventaire ; tout cela est sans preuve, tout cela est méconnu de la manière la plus formelle, par Jean Vayson, et réfuté par les documents de la cause. Ajoutons que tout cela est nouveau, non pas peut-être comme allégation, car il s'en est produit de toute espèce, tant devant le juge-commissaire, que dans le cours des plaidoieries, mais comme base de système.

On avait essayé, devant le juge-commissaire, d'équivoquer sur l'arrangement, auquel il est fait allusion dans la mention du 28 février 1850. On avait même eu l'habileté d'interpeller M. Jean Vayson, sur l'existence et la teneur de cet arrangement prétendu ! !

On semble s'étonner de la réponse qui a été faite par M. Ernest Delegorgue, l'honorable avocat de M. Jean Vayson; à cette interpellation, et dans le mémoire, on va même jusqu'à en tirer cette *induction* dont on ne sait à quelle école de logique il faut rapporter le mérite : « Cette convention, personne ne la représente ; le neveu » ne nie pas l'avoir en sa possession, mais il refuse de dire s'il » l'a ! »

M Ernest Delegorgue connaissait la pensée de son client ; il le savait surtout convaincu que le procès n'était pas l'œuvre personnelle de son oncle, mais celle des personnes qui l'entouraient. L'interpellation ouvrait une voie pour faire venir M. Maximilien Vayson à Abbeville, et le soustraire à des influences hostiles. Mᵉ Ernest Delegorgue s'empressa d'en profiter en répondant *que M. J. Vayson ne s'expliquerait qu'en présence de son oncle, à qui il ferait lui-même diverses questions.*

Il est, du reste, à remarquer qu'il n'a plus été question, soit devant le juge-commissaire, soit dans les plaidoieries, de l'arrangement prétendu, qui tient une si large place dans le Mémoire à consulter.

Non seulement M. Maximilien Vayson n'est pas venu à Abbeville, mais laissant de côté cet arrangement, dont les conditions ne sont revenues en mémoire à M. Maximilien Vayson que bien tardivement, puis qu'aucun de ses détails, maintenant si minutieusement rapportés, n'étaient produits en première instance, on n'a plus contesté aucun des articles du compte courant, et les loyers des Villancourt, un instant réservés, ont été formellement abandonnés à une séance subséquente.

Une seule réserve a été formulée à l'égard d'une somme de 55,172 fr. 68 c., en ces termes : « Mais il n'alloue, toujours que » sous réserve, la somme de 55,172 fr. 68 c., portée à son dé- » bit, à la date du 51 août 1856, et qu'à la charge, par Jean Vay- » son, de produire les titres justificatifs de cette somme. »

Les parties sont renvoyées devant le Tribunal : il n'est pas dit un mot au nom de M. Maximilien Vayson, dans les conclusions

2

prises à la barre, ni de l'arrangement proprement dit, c'est-à-dire de la prétendue convention résolutoire, ni du bail des Villancourt, on n'y ramène point à effet la réserve relative aux 53,172 f. 68 c., déjà alloués provisoirement, à la charge de justifier des titres : en un mot, on n'élève aucune contestation sur le compte courant, et l'on se borne à conclure, contre Jean Vayson, au paiement 1° des 509,000 fr. ; 2° des bénéfices de la gestion de Pont-Remy, depuis le 31 mars 1855. et à repousser la demande reconventionnelle de Jean Vayson, relative aux trois sommes dont il avait demandé le report au débit de l'appelant.

Il est vrai que dans le dispositif de ces conclusions, et pour dissimuler la retraite opérée à l'égard de l'arrangement allégué précédemment, on a demandé acte, pour M. Maximilien Vayson, de ce qu'il se réservait de contester le compte courant ultérieurement au point de vue de la *convention, pour le cas* où elle serait produite et pourrait être prouvée.

Mais cette réserve ne pouvait faire revivre, au profit de Maximilien Vayson, les prétendus droits auxquels il avait formellement renoncé devant le juge commissaire, qui en avait donné acte (loyers des Villancourt.)

Mais cette réserve ne pouvait pas dessaisir le Tribunal de l'un des chefs de la demande (l'apurement du compte courant et le paiement du reliquat.)

Mais cette réserve était si peu sérieuse, que pour les 53,172 fr. 68 c., M. Maximilien Vayson demandait que, dans tous les cas, il fût dit que Jean Vayson *serait tenu de lui remettre les pièces justificatives de cette somme?* Conclure ainsi, c'était allouer la somme à Jean Vayson, c'est-à-dire reconnaître que cette somme lui était due, s'il pouvait en représenter les titres !

Aussi le Tribunal, en l'absence de toute contestation sur le compte courant, tel qu'il avait été présenté, a-t-il dû se contenter de statuer sur les éléments nouveaux de ce compte, formant l'objet de la demande reconventionnelle de Jean Vayson.

Ainsi la demande, en tant qu'elle portait sur le compte courant, avait été certainement abandonnée, parce que, d'une part, sur tous les points qui ne se référaient pas à un arrangement que l'on n'avait pas même alors défini, il n'y avait pas de contestation possible, et parce que, d'autre part, sur les deux seuls points relevés, au nom de M. Maximilien Vayson comme ayant trait à des arrangements nullement définis, on laissait prendre acte d'un abandon formel (loyers de Villancourt), et on allouait formellement à Jean Vayson la somme litigieuse (les 35,175 f. 68) sous la seule condition que les titres justificatifs en seraient représentés.

Aujourd'hui un revirement complet s'est opéré : devant le Tribunal de commerce, on discutait la question des 509,000 fr., et, devant le Tribunal civil, celle de la propriété des deux mobiliers industriels d'Abbeville et de Pont-Remy, abstraction faite de tout arrangement au 28 février 1850, autre que ce qui était établi et démontré par les livres, à cette date.

On a succombé devant les deux juridictions : alors on ne tient aucun compte de ce qui a été dit, fait ou jugé, et on présente à la Cour une situation toute nouvelle, dont la *base nécessaire* est dans un arrangement originaire entre les parties, qui aurait servi de *contre-lettre* aux écritures de cette époque !

Disons d'abord que M. Jean Vayson oppose à toutes les allégations de la première partie du Mémoire, la dénégation la plus formelle et la plus absolue, et qu'il affirme et qu'il affirmera, sous telle forme qu'on voudra lui imposer, qu'il n'y a pas eu entre son oncle et lui d'autre arrangement que ce qui est écrit sur les livres, aux dates des 28 février et 1er mars 1850 ; que jamais il n'a reçu ni eu entre les mains les trois écrits dont parle le Mémoire ; qu'il n'est pas exact de dire que ce soit par *addition* à son compte capital, et à une date différente, que les 100,000 fr. du mobilier de Pont-Remy ont été portés à la suite des 519,034 f. 86 cent.

Tout cet ensemble d'allégations se réfute par son d'invraisemblance ! C'est toute une invention dont le germe et le prétexte sont

dans une mention dont la rédaction appartient à M. Maximilien
Vayson lui-même, et à propos de laquelle le Mémoire lui-même
est exact.

En effet, le *blanc* laissé à la suite de la mention et *l'intitulé*
d'une convention, n'existent pas, comme on pourrait le croire
en lisant le Mémoire, sur le livre journal de Jean Vayson, mais
seulement sur un brouillon d'un inventaire personnel à M. Maximilien Vayson. (1) Au livre de M. Maximilien Vayson (dernière page
de la comptabilité), la mention remplit les deux tiers de cette
page ; elle est signée et *datée de la main* de M. Maximilien Vayson,
du 28 *février* 1850. Il n'y a donc point d'intitulé de convention ;
à la suite, au *verso* de la même feuille, se trouve le *compte capital*
de Jean Vayson, portant à une seule et même date, du 1er mars
1850, la somme de 519.034 fr. 86 c. et les 100,000 fr., montant de la facture du mobilier d'Abbeville.

On précise la convention. Elle serait des plus bizarres, et le cas
du prédécès du neveu, qui en serait le pivot, ne la rendrait
que plus étrange ! Mais quelle qu'elle eût été, ce que l'on peut
affirmer ici, c'est que le jour où M. Maximilien Vayson aurait
dit à son neveu de la signer et de la porter sur les livres, la volonté de l'oncle eût été immédiatement exécutée ; car, comme le
dit très bien le Mémoire lui-même, *tout lui faisait une loi d'accepter
la position qui lui était faite par son oncle.* (Mémoire à consulter, p. 11.)

Le Mémoire est encore dans le vrai quand il dit : *pas d'autres
conventions que celles imposées par l'oncle* (p. 11) ; mais, précisément à cause de cela, il est évident que Jean Vayson, qui ne
pouvait qu'accepter ce qu'on faisait pour lui, n'a pu songer ni à

---

(1) On n'a pas imprimé parmi les Pièces justificatives deux lignes qui se trouvent
au bas de la mention dont le texte est imprimé sous le n° 3 desdites pièces.

Nous donnons le texte de ces deux lignes, qui suivent la même mention, sans
signatures, non sur le livre-journal, mais sur le brouillon d'inventaire.

« Convention ou arrangement fait avec M. J. Vayson, mon neveu, à qui je cède
» la suite de mes affaires : art. 1. *(Le reste est en blanc.)* »

résister à son oncle, ni à éluder les conditions que celui-ci lui aurait imposées !

M. Maximilien Vayson avait probablement le projet d'écrire ce qu'il appelle l'arrangement de 1850; mais, dans ce cas, M. Jean Vayson affirme qu'à moins d'un changement de volonté, qu'il ne lui a jamais été possible de soupçonner, il eût écrit en forme de conventions, avec plus de détails sans doute, mais sans rien changer au fond, ce qui résulte sur ses livres du rapprochement de la mention du 28 février 1850 et du compte capital du 1er mars.

On remarque, au surplus, que le Mémoire à consulter résume ainsi l'exposé laborieux de toute sa première partie : « On doit » partir du fait de l'existence de cet acte, quoique non repré- » senté, on doit partir de ce point, *parce que la nature des choses* » *veut que ce soit l'exacte vérité* : on doit en partir, parce qu'il y » a un fait irrécusable, une somme de 519,034 fr. 86 c., confiée » pour que Jean Vayson pût gérer la suite cédée des affaires » (page 9.)

C'est l'aveu de l'absence de toute preuve juridique !

Mais toute cette première partie est démentie par les documents les plus sérieux du procès ! La mention du 28 février 1850, qui n'existe que sur ses livres, et qui n'est signé que par lui, n'est pas un titre pour Maximilien Vayson, et le *compte capital* du 1er mars, rapproché des comptes personnels de Maximilien Vayson et de Jean Vayson, démontre que les 519,034 fr. 86 c., appartenaient dès le 28 février à Jean Vayson, à la seule condition d'en servir les intérêts à son oncle, et que le mobilier d'Abbeville lui était acquis sur facture, sans condition ni réserve.

Il est vrai qu'à la fin du Mémoire, on relève ce ce qu'on appelle une *preuve irréfragable* de l'existence d'une convention *conforme* aux *souvenirs* de M. Maximilien Vayson ! Et cette preuve c'est le report, au débit de Maximilien Vayson, des 33,472 fr. 68 c., à la date du 51 août 1856, après la transcription opérée sur le registre de Jean Vayson, de la déclaration du 13 du même mois.

Eh bien! cette preuve irréfragable existe précisément en sens inverse et résulte de toutes les écritures relatives à cette somme, dont il est nécessaire de faire connaître le caractère.

Cette somme est une dette personnelle fort ancienne de M. Maximilien Vayson, envers Jean Vayson, d'une part, et Mlle Hernandine Vayson, sa sœur ; les intérêts en ont toujours été payés à la mère des deux créanciers.

M. Jean Vayson, qui n'en touchait pas personnellement les intérêts, pouvait laisser la portion de cette somme, dont il devait jouir au décès de sa mère, en dehors de son commerce.

Mais il est tellement vrai que jamais, par une convention quelconque, il n'est devenu le débiteur de cette somme, aux lieu et place de son oncle, que les intérêts qu'il a payés à sa mère ont été portés au débit du compte personnel de M. Max. Vayson, comme y étaient portés tous les paiements les plus divers qu'il faisait pour son oncle.

Ici encore c'est l'allégation sans preuve qui vient se briser contre la preuve contraire résultant des livres, et non-seulement des livres, mais d'un grand nombre d'articles du compte personnel de M. Max. Vayson lui-même.

Mais il y a plus encore ! Si les 53,172 fr. 68 c. ont été portés au débit de M. Max. Vayson, le 31 août 1856, c'est par la raison toute simple que les 53,172 fr. 68 c. étaient payés à cette date aux ayants-droit par Jean Vayson, comme il faisait pour toute espèce de sommes dues par son oncle pour les causes les plus variées.

On ose alléguer, au nom de l'appelant, qu'il n'a pas autorisé ce paiement à sa décharge, afin de faire considérer le report de la dite somme à son débit, comme une écriture passée à tort, ce qui n'aurait d'autre conséquence que de faire sortir la somme du compte courant, pour lui restituer son caractère originaire de dette personnelle de M. Max. Vayson, non plus seulement envers Jean Vayson, mais aussi envers sa sœur.

Le défaut d'intérêt sérieux de cette critique est trop évident ; mais on ne la fait que pour arriver à faire entendre que Jean Vayson n'a pas payé réellement cette somme, et qu'il ne l'a portée au débit du compte personnel de son oncle et au crédit de son propre compte, que pour mettre à profit la déclaration du 13 août 1856, qui lui conférait désormais le titre de donataire pur et simple du mobilier d'Abbeville, sans condition ni réserve.

Mais ces deux écritures étaient complètement inutiles pour atteindre le but allégué dans le Mémoire. Si la déclaration du 13 août avait fait disparaître une condition de la transmission du mobilier d'Abbeville, comme cette condition n'était écrite nulle part, Jean Vayson n'avait pas besoin d'autre chose pour exiger le paiement des 53,172 fr. 68 c. que des titres justificatifs de la créance, titres qui, d'ailleurs, n'étaient jamais sortis de ses mains.

La vérité est, au surplus, que le paiement a eu lieu, et qu'il n'a eu lieu que sur l'autorisation formelle de M. Max. Vayson, qui prend en quelque sorte à tâche, dans le Mémoire, de présenter des affirmations en contradiction flagrante avec les preuves écrites.

Disons, en terminant sur cette première partie du Mémoire à consulter, et parce que ces deux affirmations s'y trouvent consignées : 1° qu'il est inexact d'avoir dit que Jean Vayson produisait et communiquait une facture du mobilier d'Abbeville, du 1er mars 1850, puisque cette pièce est dans les mains de M. Max. Vayson qui l'a gardée en sa possession, SANS LA SIGNER, PARCE QU'IL AVAIT FAIT PASSER ÉCRITURE SUR LES LIVRES. (Lettre du 9 août 1856, pièces justificatives n° 20.)

Qu'il n'est pas exact de dire que Max. Vayson ait fait, sur la balance de son inventaire de 1850, une déduction en dehors de l'usage et de la vérité.

Il a réduit, et cela devait être :

1° Un passif à payer à divers . . . . . . 2,660 f. 60 c.

2° Les escomptes et rabais à subir sur les recouvrements compris dans la balance active de l'inventaire 11,216 97

3° Passif à payer par compte courant . . . 371 07

14,248 64

Ces chiffres peuvent être relevés à la fois sur les écritures de M. Max. Vayson et sur celles de M. Jean Vayson, et l'on ne peut comprendre comment une assertion, qui est une erreur injustifiable, a pu être prêtée, par le Mémoire, à M. Max. Vayson.

Il ne reste donc rien de la première partie du Mémoire, sinon la preuve d'efforts désespérés, mais impuissants, pour substituer une cause nouvelle à celle qui a été soumise aux premiers juges, et faire écarter à tout prix la pensée d'un abandon au 28 février 1850, soit de la nue-propriété des 519,024 f. 86 c. soit de la toute propriété des 100,000 fr., prix capital de facture du mobilier d'Abbeville, qui, cependant, en fin de cause, étant reconnu avoir été donné sans réserve, ne peut avoir été donné qu'à l'entrée dans les affaires de Jean Vayson, 28 février 1850, puisque jamais les intérêts n'en ont été payés ni réclamés.

Que reste-t-il donc du Mémoire à consulter, en ce qui touche la première période? Des faits et des explications imaginés par l'auteur du Mémoire, et racontés avec une apparence de bonhomie qui ne saurait, quelle que bien jouée qu'elle soit, équivaloir à une preuve qui fait défaut.

Restent, en dehors du Mémoire, des faits incontestables et incontestés : 1° La première écriture de Jean Vayson sur le verso du feuillet, sur lequel est inscrit, au recto, la dernière écriture de M. Max. Vayson, suivie de la mention qui constate la cession de ses affaires. De cette première écriture de M. Jean Vayson, il résulte que, dans son actif, sont compris les 519,034 fr. 86 c. et le mobilier industriel d'Abbeville, évalué à 100,000 fr.; qu'il n'y a sur les livres, en ce qui touche ces 519,034 fr., et le mobilier industriel, aucun article, soit au débit de M. Jean Vayson, soit au crédit de M. Max. Vayson ; 2° qu'en 1851 (fin mars), quoique depuis 1850 M. Max. Vayson ait été en compte avec son neveu, l'inventaire dressé au vu et su de M. Max. Vayson, porte à l'actif de Jean Vayson, non les 519,000 fr., ni les matières premières, marchandises, etc., dont ils étaient la représentation en 1850, mais les matières premières, marchandises, etc., qui en étaient la transformation en 1851 ; qu'il n'existe à cette occasion aucun article, soit au débit de Jean Vayson, soit au crédit de M. Max. Vayson, quoique celui-ci soit crédité pour diverses autres causes, et spécialement pour les intérêts de ces 519,054 fr., 3° qu'en 1853 un autre inventaire ayant été dressé, les choses sont dans le même état qu'en 1850 et 1851, et que les livres continuent à présenter Jean Vayson comme propriétaire, et à ne porter aucun article de crédit sur le compte de M. Max. Vayson, si ce ne n'est pour les intérêts des 519,054 fr., tandis qu'il aurait dû être crédité du capital, s'il avait été créancier.

La Cour se demandera, en face de ces écritures, qui ont été commandées certainement par M. Max. Vayson, qui auraient été au moins passées de son consentement, et à sa connaissance, si les énonciations qu'elles contiennent ne constatent pas des faits, dont aucune des deux parties ne peut décliner ni la vérité, ni les conséquences.

Nous croyons avoir résolu cette question, en fait et en droit, dans nos conclusions. Le Mémoire à consulter laisse intacte notre argumentation en fait. Nous verrons ci-dessous si, en droit, la Consultation sera plus heureuse.

§ 3. — Période du 25 juin 1850 à la fin de 1855.

Dans cette deuxième partie, la préoccupation dominante du rédacteur du Mémoire est de transformer en donations subordonnées à la réalisation d'un mariage, des libéralités dont il est impossible de méconnaître l'existence, à l'époque du 31 mars 1855.

Toujours gêné par les mentions trop précises et trop pertinentes des livres, on prend le parti d'affirmer que M. Max. Vayson n'entendait rien aux écritures en partie double, qu'il ne s'occupait pas de celles de son neveu, et qu'il ne les avait

3

même pas à sa disposition ; qu'il y était tellement étranger, que, ne recevant pas de compte de son neveu, il ne lui en demandait pas ; que, cependant, sans le secours des livres, il y voyait assez clair *pour s'apercevoir que la fabrique était en voie de prospérité*. (Mémoire à consulter.)

Ces téméraires affirmations sont chose nouvelle dans le procès ! A Abbeville, au milieu de la notoriété commerciale qui s'attachait au nom de M. Max. Vayson, il était impossible d'essayer à lutter sur un pareil terrain : on l'essaie devant la Cour, sans reculer devant une décision dans laquelle il est énoncé « que la » passation des écritures sur des livres que M. Max. Vayson » AVAIT CONSTAMMENT DANS LES MAINS est une nouvelle preuve, etc. »

Que M. Max. Vayson n'ait pas connu les écritures en partie double, on le croira difficilement, et les magistrats du Tribunal de commerce d'Abbeville, dont l'un au moins avait siégé sous la présidence de M. Max. Vayson, connaissaient par expérience son habileté dans les matières de comptabilité.

Les écritures de M. Jean Vayson, tenues d'ailleurs d'après le même mode que celles de M. Max. Vayson, et par le même teneur de livres, ne présentaient, surtout au regard des relations entre l'oncle et le neveu, aucune complication exigeant des connaissances exceptionnelles. Celui qui écrivait des notes ainsi conçues : « Il faut débiter le compte de M. Vayson, etc., etc., » donnant ensuite une série d'articles et de chiffres, et des instructions spéciales à chacun d'eux, pour la passation des écritures, est évidemment un comptable très-expert et très-intelligent.

En vain M. Vayson, méconnaissant ce qu'il reconnaissait en première instance (le jugement le constate en fait), nie aujourd'hui que les livres fussent à sa disposition.

Il y avait deux clefs du bureau où se trouvait la comptabilité ; l'une de ces clefs appartenant au teneur de livres et qu'il conservait, et l'autre appendue dans le cabinet particulier, où M. Vayson et son neveu travaillaient en excellent accord. M. Max. Vayson quittait ce cabinet plusieurs fois par jour, pour se rendre dans le bureau du teneur de livres, afin d'y exercer son utile et légitime surveillance.

C'est donc une vérité que l'affirmation du Tribunal, et le fait qu'elle constate était à la fois un devoir et une nécessité pour M. Max. Vayson, collaborateur et conseil de son jeune neveu.

Au surplus, s'il était besoin de réfuter plus sérieusement ces allégations, qui ont fait sourire l'ancien teneur de livres de M. Maximilien Vayson, il ne serait pas difficile de relever des preuves géminées en dehors de l'affirmation si grave et si caractéristique que les juges consulaires ont placée, dans leur sentence, sans même soupçonner qu'elle pût soulever une difficulté.

On relèvera ici, au nombre de ces preuves, quelques-unes de celles qui se rattachent, spécialement, aux deux contestations principales de l'appelant.

M. Maximilien, qui a signé la mention du 28 février 1850, a reconnu, devant le tribunal civil (qui le constate), que l'écriture passée au *compte capital* de Jean Vayson, le 1er mars 1855, pour le mobilier des Villancourt et de la teinturerie, a été mise de son consentement! il a donc vu et connu les écritures du 1er mars 1850, et il a vu que Jean Vayson se constituait en compte capital, *actif net*, une valeur de 619,034 fr. 86 c. Il a su, par cela même, que les 519,034 fr. 86 c., ne figuraient, ni au crédit de son compte personnel, ni au débit du compte personnel de son neveu.

Quand même M. Maximilien Vayson ne l'aurait pas reconnu, est-il admissible, dans son système même, qui le constitue, au 28 février 1850, créancier de son neveu d'une somme de 519.034 fr. 86 c., qu'il ne se fût pas préoccupé de la manière dont cette somme était portée sur les livres de Jean Vayson, ni de vérifier ensuite si ladite somme n'était pas compromise par le mauvais succès des opérations de son neveu, ce qu'il ne pouvait faire que par l'examen des livres?

Pourrait-on admettre, d'ailleurs, qu'il n'eût jamais vérifié son compte personnel, où il n'était pas crédité des 519,034 fr. 86 c.?

M. Maximilien Vayson a-t-il connu les écritures du 31 mars 1855? C'est lui qui les a ordonnées! La note du 31 mars 1855, suppose nécessairement le connaissance et la vérification des écritures de Jean Vayson, puisqu'elle dit : « *Mais comme les écritures sont passées, jus-* » *qu'à ce jour, etc.* »

Les écritures ont été passées, conformes à cette note, en ce sens du moins, que les résultats voulus par M. Maximilien Vayson, ressortent des écritures auxquelles elle a donné lieu.

M. Maximilien Vayson a reconnu, de plus, devant le Tribunal civil d'Abbeville, que l'écriture spéciale de la même date, relative au mobilier de Pont Remy, avait été passée de son consentement !

Est-il vrai, comme on a cru pouvoir l'imprimer, que M. Maximilien Vayson n'avait pas les livres de son neveu à sa disposition ? Il a été déjà répondu à cette étrange allégation, mais nous ajouterons que, non seulement les livres étaient à la disposition de M. Maximilien Vayson, pour les consulter et les vérifier, chaque jour et à toute heure, mais qu'il en avait la disposition au point de pouvoir y écrire lui-même, librement, la *mention à l'encre rouge*, au bas de la transcription faite, sur les livres, de la déclaration du 13 août 1856, et qu'il y a, sur ces mêmes livres, des mots au crayon, de la main de M. Maximilien Vayson.

Comme il faut prouver, à quelque prix que ce soit, que tout ce qui a été fait en mars 1855, l'a été en vue d'un mariage qui n'a pas abouti ; pour arriver, non à faire cette preuve qui est impossible, mais à en faire accepter la possibilité, le Mémoire dénature et déplace résolument les faits, les dates et le sens de tous les documents écrits, et sans arriver à une conclusion claire et logique, il se traîne dans une série de détails et d'appréciation de faits dont le moindre tort est celui de la diffusion, dont l'honorable signataire de la Consultation ne s'est jamais fait faute, lorsqu'il a parlé des deux décisions judiciaires, si pleines d'homogénéité, et dont l'accord est, pour M. Maximilien Vayson, une si sévère condamnation.

Si l'on consulte les livres, on voit que la mention relative aux 519,034 fr. 86 c. ne porte pas seulement la signature de M. Vayson, mais *une date qui est de sa main*, et cette date est celle du 28 *février* 1850.

Cependant, l'on se pose, dans le **Mémoire**, la question de savoir à quelle date cette signature a été apposée, et le Mémoire répond , non par une date précise, mais par cette affirmation toute nouvelle, que M. Maximilien Vayson n'a apposé sa signature au bas de la mention dont il s'agit, qu'en mars 1855, avant de partir pour Paris, dans le but de s'occuper du mariage de son neveu !

Pourquoi cette affirmation ? Parce qu'il faut que les 519,034 fr. 86 c., n'aient pas été abandonnés en nue-propriété à Jean Vayson, le 28 février 1850, et qu'il faut qu'il n'en ait été question qu'à une époque où l'on peut équivoquer sur la question de savoir, si ce qu'on faisait était à l'occasion de l'inventaire du 51 mars 1855, ou exclusivement à l'occasion d'un mariage projeté !

On a bien compris qu'une pareille assertion, démentie par la mention elle-même et par l'ensemble des écritures du 1er mars 1850, et de toutes celles qui avaient suivi, ne pouvait pas être facilement accueillie! M. Maximilien Vayson n'aura jamais connu les écritures, parce qu'il n'entend rien à la partie double ! Mais comment prouver que c'est en 1855, qu'il a signé la *mention* des 519,034 fr. 86 c , en la datant, de sa propre main, du 28 *février* 1850 ?

La lettre du 24 mars va jeter la lumière sur ce point, d'ailleurs fort peu important par lui même, car on lit dans cette lettre : « J'ai » apposé ma signature sur le livre journal de la manufacture, avec » approbation , examine comment cela est, et si c'est bien, comme » je le crois , sur la copie dont je te demande le cahier. »

Malheureusement, cette lettre ne dit pas à quelle époque M. Max. Vayson a apposé sa signature sur le livre journal.

Il est plus malheureux, pour M. Max. Vayson, encore qu'elle reporte nécessairement le fait à une époque assez éloignée, pour que l'auteur de la lettre ne se souvienne plus de la teneur de la mention qu'il a signée, puisqu'il prie son neveu d'examiner *comment cela est*, et de vérifier *si cela est bien comme il le croit*, sur *la copie* se trouvant sur le cahier d'inventaire de 1850 !

L'allégation est donc une fable, et le document dont on l'appuie, une preuve de plus de son inexactitude.

Dans le système du Mémoire à consulter, il faut avoir raison de bien d'autres difficultés, car s'il est certain que des pourparlers de mariage existaient au mois de mars 1855, il est certain aussi que le mois de mars était l'époque ordinaire de l'inventaire, et que c'est à l'occasion de cet inventaire qu'a été écrite la note de M. Max. Vayson, datée du 51 mars 1855.

Rien de plus clair, de plus positif que la note du 51 mars.

Rien de plus précis que les écritures passées en exécution de cette note, et qui y sont entièrement conformes. En effet, que demandait M. Vayson? Voulait-il que l'on portât au crédit de son compte personnel les 519,034 fr. 86 c., en même temps qu'on aurait porté à son débit une somme de 521,000 fr. de billets et obligations devant rester dans les mains de son neveu? Nullement, puisqu'il ne voulait pas *qu'il fût parlé* d'un reliquat de 509,757 fr. 92 c., qui serait évidemment ressorti, comme actif à son compte personnel, si les 519,034 fr. 86 c., y avaient été portés à son crédit!

D'ailleurs, M. Max. Vayson disait : « *Annuler mon compte person-* « *nel*, annuler le compte de Pont-Remy; » on n'eût pas pu annuler le compte personnel en y portant au crédit 519,034 fr. 86 c., sans porter au débit, outre les 524,000 fr. d'obligations et billets, des valeurs suffisantes pour couvrir entièrement les 519.034 fr, 86 c., c'est-à-dire équivalentes à 509,757 fr. 92 c.! Or, c'est ce que ne voulait pas M. Max. Vayson! Parce que *Jeannin était donataire* de cette dernière somme.

La note et les écritures en conformité existent, et ne peuvent être expliquées, contrairement à leur but évident, que par les nécessités d'un projet de ménage.

Tout se serait borné, d'après les expressions dont se sert le Mémoire lui-même, « *à des échanges de pensées* sur les moyens à prendre » en cas de mariage. »

Il est impossible que nos adversaires prennent eux-mêmes au sérieux la prétention de M. Max. Vayson, sur le caractère tout définitif des écritures de cette époque. non plus que la discussion fort obscure dont elle est la conclusion!

La note du 31 mars est tracée en termes impératifs et formels :
« *Il faut débiter, annuler* ainsi le *compte de Pont-Remy, qui sera,*
» à l'avenir, à la manufacture.... *Annuler* mon compte personnel.....
» *Il faut continuer, comme par le passé.....* Jeannin *est donataire.* »

Cette note n'était plus une proposition, mais un ordre; elle n'était
pas un projet, mais un plan arrêté dont l'exécution était décidée,
et l'exécution a eu lieu par les écritures du 31 mars, deux écritures
régulières, définitives, portées sur les livres AVANT la clôture de l'inventaire dont elles ont modifié les résultats.

Il n'y a donc pas là un échange de pensées à propos d'un mariage,
mais un inventaire qu'il s'agit d'arrêter, de manière à fixer pour
l'avenir, d'une manière générale et complète, la situation de l'oncle
et celle du neveu.

On l'a tellement senti, qu'il a fallu aller plus loin et dire que
les écritures du 31 mars 1855 n'étaient elles-mêmes que des écritures provisoires, et à contre-passer, en cas de rupture du projet de
mariage!

Dans ce système, les écritures du 31 mars et *l'inventaire lui-même*
n'auraient été que provisoires! Mais s'il en eût été ainsi, pourquoi
ne pas retarder la clôture de l'inventaire qu'elle nécessite, y avait-il
lieu de passer immédiatement les écritures du 31 mars? C'est ce qu'il
serait impossible d'expliquer, et ce qui réfute une fois de plus l'allé-
nation du Mémoire!

Sans la donation future de Pont-Remy, l'oncle et le neveu
n'avaient pas besoin de s'occuper de leurs comptes; mais l'immeuble devant être donné, en cas de mariage, il était bon que le
compte en fût éteint; d'un autre côté, l'article des 220 obligations
de Paris, pour 274,289 fr. formait, au profit de M. Jean Vayson,
une libéralité de 21,289 fr., faite toujours dans la même vue. Telles
sont les deux explications données par M. Max. Vayson à l'appui de
son système.

Mais, si la note du 1er mars 1855, comme son texte le prouve, et
comme le bon sens le veut, avait pour but de régler à nouveau, par
inventaire, la situation des deux parties, d'une manière générale com-

plète et définitive, tant à Abbeville qu'à Pont Remy, on conviendra
qu'il n'était pas seulement bon, mais qu'il était absolument nécessaire de régler le compte de Pont-Remy, et d'en attribuer la balance
à quelqu'un, ce qui n'avait pas été fait jusqu'à ce moment.

Quant à la libéralité des 21,289 fr., si elle a jamais existé, il faudrait démontrer qu'elle était conditionnelle, ce qui est incompatible
avec les termes formels et absolus de la note du 31 mars.

Cette prétendue libéralité n'est, en réalité, que dans les apparences,
puisque les 220 obligations constituaient, pour Jean Vayson, un
placement dont le compte était invariablement de 274,289 fr., montant du prix d'achat.

M. Max. Vayson, en se faisant porter les obligations à son crédit,
leur a laissé leur caractère de placement permanent et leur valeur
d'origine, sans que J. Vayson y trouvât le moindre avantage. Si
l'appelant ne l'eût pas voulu ainsi, son neveu lui aurait proposé
d'autres valeurs, et n'eût jamais consenti à subir une perte de 21,289
fr., sur une valeur de placement qui n'aurait pu être dépréciée qu'en
cas de vente obligée. Or, le neveu, devant rester en possession des
524,539 fr. de valeurs dont M. Max. Vayson était crédité, il n'y avait,
évidemment, pas lieu à donner aux obligations une valeur autre que
le prix d'achat.

Il fallait cependant trouver un prétexte pour nier aussi audacieu-
sement le caractère des faits et des écritures du 31 mars 1855.

Ce prétexte, on l'a trouvé dans la production, faite par M. Max.
Vayson, de trois pièces dont les deux premières sont deux extraits
des livres de M. Jean Vayson, indiquant tous deux la situation des
parties, telle qu'elle résultait des écritures, avant la clôture de l'inventaire du 31 mars 1855.

La troisième est une pièce informe et indigeste, dans laquelle M.
Maximilien Vayson a fait grouper, par le teneur de livres, des chiffres
puisés tout à la fois dans les écritures de 1855, et dans celles de
l'inventaire de la maison Jean Vayson et Cⁱᵉ, en 1850.

Cette pièce n'a point été remise à M. Maximilien Vayson par
son neveu, elle est entièrement son œuvre, et le teneur de livres

n'a été qu'un instrument passif écrivant sous la dictée de l'appelant.

Elle est datée du 1er avril, mais les chiffres qu'elle contient prouvent qu'elle se réfère à la situation *avant l'inventaire*, c'est-à-dire à la situation au 31 mars.

Elle est incomplète et inachevée, car après plusieurs chiffres posés pour justifier *l'existence au 1er avril 1855*, on s'arrête à l'article *débiteurs divers*, qui est laissé en blanc et qui, dans les deux états extraits des livres, figure pour une somme de 215,388 fr. 28 c.; on n'y porte pas non plus les articles divers en magasin, c'est-à-dire 244,848 fr. 90 c.

En un mot, on n'y inscrit que quatre articles, alors qu'il y en a douze dans les deux états dressés sur les livres!

Quelle est la valeur de cette pièce? Elle n'en a aucune, puisqu'elle n'est pas l'extrait des livres, et qu'elle n'est et ne peut être que l'œuvre de M. Max. Vayson lui-même, c'est-à-dire, un calcul commencé et demeuré inachevé, calcul qui, sans doute, a dû avoir un instant sa raison d'être dans la pensée de M. Max. Vayson, mais qu'il a lui-même abandonné sans le poursuivre jusqu'à une conclusion.

Non seulement la conclusion manque à ce calcul inachevé, mais si l'on veut le diviser, pour ne s'occuper que de rechercher la pensée de M. Max. Vayson, il est impossible de la saisir, et de la rendre intelligible.

Dans cette pièce, on commence d'abord par grouper exactement, comme dans la note du 31 mars, émanée de M. Max. Vayson, les trois chiffres suivants, conformes aux écritures de 1855.

Compte de M. Vayson . . . . 216,229 f. 30 c.
Pont-Remy, créditeur 100,175 58
                                    516,404 f. 68 c.
Capital 1850 . . . . 349,054 86

Et l'on arrive ainsi, comme dans la note de M. Max. Vayson, à . . . . 835,439 f. 54 c.

La réunion de ces trois chiffre prouve d'abord évidemment que le compte personnel de M. Maximilien Vayson, et le compte de

4

Pont-Remy, n'étaient pas encore annulés, et que l'inventaire n'é-
tait pas clos.

Les 549,034 fr. 86 c. groupés avec les chiffres du compte personnel de M. Max. Vayson et du compte de Pont-Remy, n'a ni
plus, ni d'autre signification que le même fait qui se reproduit
dans la *note réglant* les écritures à passer avant la clôture de l'inventaire.

Mais, dans tout le surplus, cette pièce informe, que le Mémoire
appelle *imparfaite dans ses détails*, échappe à toute idée d'une portée
sérieuse.

Les chiffres qui suivent les 549,034 fr. 86 c. ont pour but et
pour effet de retrancher d'abord et d'ajouter ensuite aux 835,459
fr. 54 c. ; en effet, on en retranche d'abord divers articles, marchandises divers, articles de détail, etc., qui sont d'une valeur de
207,287 fr. 92 c., avec cette énonciation : *à déduire soldé* par facture. . . . .   207,287 f. 92

Mais on ajoute ensuite :

1° Créances à recouvrer, débiteurs divers. . . 140,077 f. 18
2° Effets à recevoir . . . . 171,659 f. 96

Or, ces trois sommes, dont l'une est déduite des 835,459 f. 54 c.
et les deux autres, ajoutées à ce même chiffre, forment, par leur
réunion, la somme de. . . . . , 549,034 f. 86 c.
c'est-à-dire la même somme qui est déjà entrée dans la composition
des 835,459 fr. 54 c.

Pourquoi une soustraction des 207,287 fr. 92 c. ? Pourquoi une
addition des deux autres sommes ? C'est ce qui ne peut s'expliquer
que par une erreur grossière dont on s'est aperçu, sans doute,
puisqu'on n'a pu poursuivre le calcul commencé ! En effet, il est
trop évident que, quel que fût le sens que l'on attachait au chiffre
posé d'abord, de 835,459 fr. 54 c., il ne pouvait jamais, dans
aucune hypothèse, y avoir lieu d'y ajouter deux sommes qui déjà
entraient dans la composition de ce chiffre.

Cela est tellement vrai que, dans le système du Mémoire, on est
bien obligé de reconnaître que l'appelant n'aurait pu, en aucun

cas, réclamer à son neveu plus de 855,439 fr. 34 c., c'est-à-dire plus que le capital prétendu confié en 1850, augmenté de la balance active du compte personnel et celle du compte de Pont-Remy, et cependant la pièce inachevée, dont il s'agit, en ajoutant à cette somme, la remplaçait par un chiffre de 959,898 fr. 95 c., ce qui n'a jamais eu de raison d'être, et n'a aucun rapport avec la situation des parties, soit qu'on admette, soit qu'on rejette les prétentions de M. Max. Vayson, relativement aux 509,000 francs qu'il réclame.

Cette pièce a été communiquée en première instance, et elle a donné lieu à un voyage spécial, fait à la réquisition de M. Max. Vayson, par M. Jourdain, arbitre de commerce à Amiens, afin de la confronter avec les livres. Le résultat de cet examen a été que la pièce n'avait aucune valeur, qu'elle était inintelligible, erronée, inachevée. A partir de ce moment, cette pièce a été traitée comme un document inutile et sans portée, si bien qu'il n'en a été fait aucun usage dans les plaidoieries, devant le Tribunal de commerce, et dans celle devant le Tribunal civil.

C'est cependant cet indigeste brouillon, jugé et condamné par M. Jourdain et par M. Max. Vayson lui-même, que l'on ose présenter à la Cour comme une preuve des prétendus échanges de pensées auxquels on s'efforce de réduire les faits et les écritures d'une époque où la position respective des parties a été réglée par *inventaire*.

On dit que M. Max. Vayson voulait paraître tout donner, et que Jean Vayson voulait, au contraire, paraître ne rien recevoir ?

D'abord, on ne voit pas comment cette prétendue volonté de M. Max. Vayson expliquerait la pièce inachevée qu'il a fait écrire sous sa dictée, et qui fourmille de doubles emplois, d'erreurs et d'inexactitudes.

Mais cet antagonisme, entre l'oncle et le neveu, est encore une pure invention, démentie par la position même de Jean Vayson, vis-à-vis de son oncle, dont il a toujours suivi et respecté la volonté,

même quand cette volonté était, comme au 13 août 1856, un retour fâcheux sur des faits accomplis.

Il est démenti, par M. Max. Vayson lui-même, dans les lettres
qu'il écrivait à cette époque.

En effet, on y chercherait vainement la trace de cet antagonisme
qui ne pouvait, qui n'a jamais existé ! Si l'on avait discuté ou
échangé des pensées sur la question de savoir si Jean Vayson pa-
raîtrait devoir sa fortune au succès de ses opérations commerciales,
ou s'il se présenterait comme enrichi actuellement par son oncle,
est-ce que M. Max. Vayson aurait écrit la lettre du 24 mars, dans
laquelle il dit très naturellement à son neveu : « Le notaire *veut*
» *une donation*; je lui ai dit que c'était par facture que les mar-
» chandises ont été livrées, ainsi que les ustensiles et matériel in-
» dustriel. » Evidemment, il n'était pas question alors de faire le
moindre mystère de l'origine de la fortune de Jean Vayson. La
même preuve résulte du brouillon de lettre représenté par l'inti-
mé, et dans lequel on lui fait dire : « J'ai pris la fabrique de tapis
» de mon oncle, qui M'A DONNÉ tout le *matériel* et me *donnera* les
» bâtiments, etc. » Enfin, la réfutation la plus complète de l'allégation se trouve dans la lettre sans date écrite à un tiers, pour
être communiquée à un notaire, et où il est dit : « Mon neveu se
» constitue plus de 700.000 francs, dont la *presque totalité* pro-
» viennent de ma libéralité. » Il n'y a jamais eu mystère à garder
sur tout cela ; les sentiments que l'on prête au neveu, en cette circonstance, auraient été aussi puérils qu'extravagants.

Quant à la note du 31 mars, qui règle seulement les écritures
à passer avant de clore l'inventaire, elle n'a aucun rapport avec l'antagonisme prétendu dont il s'agit ; car si, par les écritures, M.
Max. Vayson devait rester sans titre sur les livres, pour les
509,000 fr., comme il était resté sans titre pour les 549,054
francs 86 c., cela ne l'empêchait pas de déclarer, ou d'é-
crire, ainsi qu'il l'a fait, que les 700,000 fr. que son neveu se
constituerait en dot provenaient, presqu'en totalité, de sa libéralité !

Laissons encore de côté cette allégation, dont on ne comprend pas bien d'ailleurs, la portée, il convient de relever l'explication de la *note du 31 mars*, comme on l'entend dans le Mémoire à consulter.

Constatons d'abord, que c'est Jean Vayson, dans le système du Mémoire à consulter, qui aurait soulevé une difficulté, à l'occasion de cette circonstance « que, dans le compte-courant ouvert à l'oncle, » Jean Vayson n'avait pas *crédité* son oncle du capital de » 519,034 fr. 86 c., quoiqu'il l'eût crédité des intérêts, et les » eût capitalisés. » (Page 22 du Mémoire à consulter).

« Or, dit-on encore au Mémoire, on *affectait de regarder cela comme* » *une grande irrégularité*, et dont il ne fallait pas, en cas de mariage, » laisser de trace. (Page 22 du Mémoire à consulter).

Tout cela, même dans le système des prétentions de l'appelant, est bien invraisemblable, et l'on ne comprend guères comment Jean Vayson, débiteur de 519,000 fr., envers un créancier qui était son oncle, et qui n'avait pas de titre pour les réclamer, aurait été celui des deux intéressés qui eût parlé de changer quelque chose à une situation qui lui était toute favorable !

Le Mémoire ajoute : « Il s'agissait donc de *réparer*, au compte » de l'oncle, *l'omission* de 519,034 fr. 86 c. qui avaient été con-» fiés, et d'avantager Jean-Antoine Vayson pour ce mariage. » (Page 23 du Mémoire).

On s'attend, après cela, à trouver la preuve que l'oncle a trouvé, *dans sa note du 31 mars*, un moyen de réparer cette *omission !* Eh bien ! le moyen trouvé est celui-ci : « *Pour obvier à votre diffi-* » *culté, je veux bien qu'on ne rectifie pas, sur ce point, les écritures.* » *en cas de mariage*. mais aux conditions suivantes : On ne clora » pas le compte ancien ; il restera ce qu'il était, un compte qu'on » avait *omis d'ouvrir*, etc. !! (Page 23 du Mémoire à consulter).

Ainsi, le neveu, qui a tenu les écritures, et qui n'aurait pas crédité son oncle des 519,034 fr. 86 c. qu'il lui aurait dus, se serait plaint d'une omission qui eût été son propre fait, et qui lui aurait été toute favorable ! Il se serait donc agi de réparer cette

omission, et le moyen d'obvier à cette difficulté, trouvé par l'oncle, aurait été de *ne pas rectifier les écritures*, de ne pas clore un
compte ancien qui n'existait pas, et qui resterait ce qu'il était,
c'est à dire, un compte qu'on avait omis d'ouvrir !

Tout cela ressemble fort à une mystification bien peu digne des
efforts si laborieux qui ont été faits pour préparer les esprits à
accepter la prétention de M. Max. Vayson. Dans ce qu'on vient
de citer, le Mémoire, si illogique et si peu sérieux qu'il soit,
laisse deviner la pensée du rédacteur. Mais quand l'explication de
la note se traduit en chiffres, elle devient complètement inintelligible, si on cherche autre chose que la prétention de l'appelant,
exposée en termes obscurs, et si on veut comprendre comment
cette prétention est en rapport avec les termes si clairs, si positifs, si formels de cette note.

Sur ce point, il suffit de renvoyer au Mémoire à consulter, d'une
part à nos conclusions ; d'une autre part, et surtout aux pièces justificatives, et à la note elle-même.

Il n'est pas inutile de faire remarquer que le Mémoire omet
complètement de relever dans la *note* les mots : *Jeannin est donataire : de plus* héritier légataire universel, de *plus*, etc. Il ne relève pas davantage ceux-ci : « le compte de Pont-Remy *qui sera*,
à l'avenir, à la manufacture ! C'est en faisant ainsi abstraction de
tout ce qui, dans la note, a le caractère définitif, irrévocable, d'un
règlement enfin, qui va se trouver consacré, en exécution des
instructions de M. Max. Vayson, par un inventaire que le Mémoire parvient à mettre les 309,737 fr. 94 c. sur la même ligne
que les 524,539 fr., qui devaient rester dans les mains de Jean
Vayson, et dont il pouvait seulement espérer de devenir irrévocablement propriétaire, en qualité de légataire universel, au décès de
son oncle.

On se met bien plus à l'aise encore, à l'égard des lettres et
écrits qui se réfèrent à l'époque de 1855, documents d'autant plus
précieux dans la cause, qu'ils ont été écrits à l'occasion du mariage. C'est, dans des documents de cette nature, qu'on doit cepen-

dant rechercher la pensée qui dirigeait l'oncle et le neveu à cette époque !

Le Mémoire passe ici complètement sous silence, la lettre du 24 mars 1855 où il est dit : « Etablir ta position, et pour cela, » le notaire veut une donation. Je lui ai dit que c'était par facture » que les marchandises ont été levées, ainsi que les ustensiles et » matériel industriel, etc. »

Il en est de même à l'égard de la note dans laquelle M. Max. Vayson fait dire à son neveu, « J'ai pris la fabrique de tapis de » mon oncle qui *m'a donné* tout le matériel et qui *me donnera* etc. »

Ces deux documents sont écrits par M. Max. Vayson ; ils contiennent des déclarations adressées à son neveu, ou à lui remises pour qu'il se les appropriât ! S'ils ne parlent pas des 309,000 fr., d'une manière directe, ils n'en sont pas moins la réfutation la plus claire de tout le système présenté à la Cour par l'appelant, système suivant lequel il n'aurait rien donné, d'une manière ferme et irrévocable, ni en 1855, ni avant 1855. En effet, la lettre du 24 mars est l'aveu implicite, quoiqu'incomplet, de l'abandon des 549,054 fr. 86 c. en nue-propriété, au 28 février 1850, et de l'abandon plein et entier du prix de facture des ustensiles et matériel avant 1855. Le second document, qui est aussi de la main de M. Max. Vayson, distingue, de la manière la plus nette, deux sortes de libéralités, les unes irrévocablement consommées, les autres à réaliser en contrat de mariage.

La preuve résultant de ces deux documents est pleinement confirmée par le brouillon de lettre à un tiers, écrit par M. Max. Vayson, pour être communiqué à un notaire, et que le Mémoire transcrit en entier ! En effet, dans le brouillon de lettre copié par M. Max. Vayson à son neveu, l'appelant reconnaît, de la manière la plus formelle, que son neveu se constituera en dot plus de 700,000 fr., dont la presque totalité provient de sa libéralité et *échappent cependant au droit de retour.*

Ce sont bien là des libéralités acquises et consommées ! Mais il y en *aura* d'autres qui n'échapperont pas au droit de retour et n'auraient lieu qu'en cas de réalisation du mariage ! Dans cette même lettre, l'appelant reconnaît encore formellement que son neveu *est* propriétaire des deux mobiliers d'Abbeville et de Pont-Remy !

Cette dernière lettre n'est invoquée que comme une confirmation des autres documents, et, dans tous les cas, il est évident que Jean Vayson, peut faire usage d'un brouillon de lettre qui lui a été donné par son oncle lui-même !

Cette production n'a rien de honteux, ni pour le tiers qui y est tout à fait étranger, ni pour J. Vayson qui use loyalement de son droit.

Que répond le Mémoire. qui ne veut s'occuper que de ce dernier document ? Simplement ceci : « Ce n'est pas à Jean-Antoine que cette lettre a été écrite ; elle a été écrite à un tiers. Donc, elle n'est pas un titre en faveur de Jean-Antoine ! Au surplus, cette lettre est insignifiante, car ce qu'on *veut faire, on le regarde comme fait* quand on en parle à ce tiers ! » Et voilà comment on s'en tire : *Valeat quantum,*

On aborde, par insinuation seulement, une objection que l'on semble craindre d'indiquer avec trop de précision, et qui se pré-sente d'elle-même : si tout ce qu'allègue le Mémoire est vrai, si tout ce qui est écrit sur les livres constituait des écritures provi-soires à *contre passer*, en cas de rupture du mariage projeté, pourquoi ne les a-t-on pas contre-passées, aussitôt après que le mariage a été rompu ? Pourquoi n'étaient-elles pas contre-passées 18 mois après ? L'objection est sérieuse et on l'a très bien compris. L'on croit avoir répondu en disant que, bien que le mariage fût rompu, les négo-ciations pouvaient se rouvrir plus tard, puisqu'il est constaté, dans un écrit du 50 juillet 1856, portant la signature de Jean Vayson, qu'à cette époque encore, les titres de propriété de Mme Vayson étaient restés en dépôt chez le notaire de Paris !

Les titres étaient, en effet, restés chez le notaire ! Pourquoi ? Parce qu'il ne voulait s'en dessaisir que contre le paiement des honoraires qui lui étaient dûs, et qui ne lui ont été réglés que plus tard par M. Max Vayson, après l'avoir menacé de le traduire devant la Chambre des notaires.

Quant à la jeune personne, il suffit de dire qu'elle était alors mariée.

La réponse disparaît donc, et l'objection reste.

Il n'y a pas besoin de raisonner, pour cette deuxième période : tout est imaginative d'un côté, et de l'autre tout est précis, tout est prouvé.

3ᵉ PÉRIODE.

DE 1855 AUX PROCÉDURES.

La première énonciation qui nous frappe, dans le Mémoire à consulter, est celle-ci : « Jean-Antoine dût à la tendresse de son » oncle de devenir légataire universel de Mᵐᵉ Vayson; M. Jean- » Antoine le sait parrfaitement. »

Il convient de rapprocher de ce passage du Mémoire ces deux extraits de la lettre écrite par M. Max. à son neveu, le 9 août 1856, en parlant de Mᵐᵉ Vayson : « Sans ses conseils, sans sa » volonté, qui étaient une loi pour moi, je n'eusse jamais fait ce » qu'elle m'a inspiré ; rappelle-toi souvent les conseils, les » recommandations de celle à qui tu dois tout; c'est à elle que » tu dois reporter le don de la fortune que je t'ai remise en » mains. »

Deux actes, ceux du 30 juin et du 7 août 1856, concernent la succession de Mᵐᵉ Vayson : un mot seulement sur chacun de ces actes.

On s'est expliqué déjà sur la valeur de celui du 7 août 1856, envisagé comme une preuve de tendresse et de générosité de la part de M. Max. Vayson envers son neveu.

Il suffit de dire ici que l'acte du 30 juillet n'a été précédé d'aucune difficulté entre les parties.

Arrivant à un autre ordre d'idées, on cite, dans le Mémoire,

5

ce passage de la lettre du 9 août 1856 : « Je ne signe pas *les fac-*
» *tures datées du 31 — 1855*; *j'ai fait un article d'écriture sur les li-*
» *vres*, et je ferai, sous peu, une déclaration vraie que je te
» remettrai, » et dans une note du Mémoire, on dit : Cet article
d'écriture n'est autre chose que la signature apposée, en 1855, au
pied de la mention des 519,034 fr. 86 c., du 28 février 1850.

Cette interprétation est inadmissible. Il est évident, en effet,
qu'il n'est question de l'article d'écriture fait sur les livres que
comme une *première raison* de ne pas signer les *factures*, et que
la seconde raison de ne pas signer ces factures, est que l'on
fera, sous peu, une déclaration qui sera remise à Jean Vayson.
S'il en était autrement, les mots : *J'ai fait un article d'écriture*
sur les livres, traduits comme ils le sont dans le Mémoire, n'auraient aucun sens et aucune corrélation, soit avec ce qui précède,
soit avec ce qui suit.

Sur la déclaration du 13 août, et la lettre qui l'accompagnait,
il est nécessaire de dire ici que la longue lettre qu'on qua-
lifie dans le Mémoire de lettre essentiellement confidentielle, n'a-
vait, ni ne pouvait avoir ce caractère, dans la partie dont celui qui
l'écrivait demandait une *copie* de la main de celui à qui elle était
adressée.

Cette demande, tout à fait insolite d'ailleurs, était d'autant plus
étrange, qu'elle vient immédiatement après ce passage de la lettre :
« Je te laisse, avec les livres, une déclaration très formelle des
» donations que je t'ai faites, *bien qu'elles ne soient pas dans la*
» *forme voulue par la loi. Si je meurs avant toi*, mon testament
» *remédiera à cette irrégularité.* Dans le cas contraire (malheur dont
» le ciel me préserve, je l'espère), *je pourrai faire valoir mes*
» *droits.* »

Quant au surplus de la lettre, on a dit ailleurs que Jean
Vayson est complètement étranger à tout ce qui peut avoir déterminé le sentiment sous l'empire duquel le Mémoire déclare qu'elle
a été écrite.

Dans la mention qui précède, sur les livres de Jean Vayson, la transcription de la déclaration du 15 août, le Mémoire relève ces mots : « Copie de la *déclaration* faite le 15 août 1856, par M. » Joseph-Maximilien Vayson, mon oncle, *en ma faveur, qui régu-* » *rise et confirme.* »

Ces mots, expriment avec exactitude l'économie de la déclaration prise comme elle était écrite, et imposée par M. Max. Vayson à son neveu, c'est-à-dire abstraction faite des écritures et des faits du 31 mars 1855.

Si Jean Vayson avait voulu alors entrer en lutte avec son oncle, ce qu'il n'avait jamais fait, ni voulu faire, il n'aurait pas transcrit la déclaration du 15 août, et il aurait protesté contre un retour aussi fâcheux qu'inattendu sur des libéralité consommées.

Mais, du moment où il entendait encore une fois se soumettre à la volonté d'un oncle qui l'avait élevé, et dont il était autorisé encore par la déclaration même du 15 août 1856, à se considérer comme le légataire universel, il faut bien reconnaître qu'il ne pouvait pas dire, pour expliquer la transcription de la déclaration, qu'elle restreignait et modifiait à son détriment les avantages qui lui étaient acquis lors de la clôture de l'inventaire de 1855.

La mention, à l'encre rouge, écrite par M. Max. Vayson sur le livre de son neveu, à la suite de la déclaration transcrite, est bien autrement difficile à expliquer ; aussi, dans le Mémoire, n'entreprend-on pas cette tâche, de même qu'on n'y trouve pas un mot sur le motif qui a pu porter M. Max. Vayson à ne pas même laisser à son neveu le bénéfice de cette déclaration du 15 août, qui est son œuvre, qui porte sa signature et qui contient l'expression des volontés les plus formelles.

Le Mémoire a relevé, dans le compte soumis à M. Max Vayson avant le procès, les mentions qui, depuis 1850 jusqu'au 31 mars 1855, créditent l'appelant des intérêts des 519,034 fr. 86 c., qui y sont désignés simplement sous le nom de *capital février* 1850.

Il relève également, dans ce compte, une nouvelle écriture qui crédite M. Max, Vayson d'intérêts pour le reliquat de ce même capital, c'est-à-dire pour les 309,737 fr. 94 c.

Mais il omet de faire remarquer 1° qu'il s'est écoulé dix neuf mois entre la dernière écriture, du 31 mars 1855 et le nouvel article de crédit qui est à la date du 31 octobre 1856 ; 2° que l'écriture, au 31 octobre 1856 , est passée d'une manière toute différente de celles qui avaient précédé, et qu'elle est copiée fidèlement sur la déclaration du 15 août, comme la mention qui précède : la transcription de cette déclaration sur le livre en est l'analyse scrupuleusement exacte.

On revient encore, à propos du compte présenté par Jean Vayson à son oncle, sur le caractère des écritures du 31 mars 1855, et de *la note* faite par M. Max. Vayson, pour régler ces écritures avant la clôture de l'inventaire.

Sans reproduire ici ce qui a été dit précédemment, on fera remarquer qu'il est véritablement singulier de voir se représenter, sous une nouvelle forme, tout aussi peu claire, la prétention de faire considérer la *note du 31 mars* comme une simple *proposition*, comme l'un des *pourparlers* qui auraient existé alors entre l'oncle et le neveu.

Deux preuves sont alléguées : 1° on n'a pas débité le compte de Max. Vayson de 524,559 fr. , mais on l'a balancé par zéro ; 2° on a rectifié les deux chiffres qui , dans la *note du 31 mars*, exprimaient la balance du compte personnel de Max. Vayson, et la balance du compte de Pont-Remy.

Ces deux preuves tombent devant cette simple réflexion , que M. Max. Vayson a nécessairement vérifié et approuvé les écritures passées en exécution de la note du 31 mars 1855.

D'ailleurs, comment aurait-on pu ne pas balancer, *par zéro*, le compte personnel de Max. Vayson, alors qu'il ordonnait que ce compte fut annulé ? Cela était de toute impossibilité.

L'artifice des calculs présentés dans le Mémoire consiste à établir comment on aurait pu faire pour *débiter* M. Max. Vayson de 524,559 francs , mais en omettant d'expliquer comment on

aurait pu le créditer de pareille somme, *sans parler* des 509,000 fr.
dont *Jean Vayson était donataire,* c'est-à-dire, sans porter au crédit
de Max. Vayson les 519,034 fr. 86 c. qui, ajoutés aux 516,000 fr.,
dont il était déjà crédité, auraient amené nécessairement une balance
nouvelle, à son profit, de 509,000 fr., au lieu d'opérer l'annulation
du compte, ou le balancer par zéro.

Quant aux rectifications, d'ailleurs insignifiantes, qu'ont subies des
chiffres qui n'ont pu être arrêtés définitivement, qu'en recevant la
consécration de l'inventaire, il est par trop clair qu'elles ne constituent
pas une dérogation à la note du 31 mars, et l'on peut s'étonner de
voir le niveau de la discussion descendre jusqu'à ces puérilités.

Cette troisième période se termine, dans le Mémoire, par deux
points auxquels il a été répondu dans la première et dans la deuxième
partie de cette note. Le premier est la *preuve irréfragable* de l'existence de la prétendue convention résolutoire du 25 juin 1850. Le
second est le tableau et l'addition, en chiffres, des bienfaits *réels* de
l'oncle, et des avantages que le neveu retire de la déclaration du 15
août 1856.

On dira seulement ici que le Mémoire aurait bien dû placer à
côté de ce tableau les conséquences qu'aurait pour le neveu le re-
trait des autres bienfaits de l'oncle, ainsi que les raisons qu'il a pu
donner à ce dernier de revenir sur des libéralités consommées en
1850, en 1855 et même en 1856.

PROCÉDURE.

Sous ce titre, se trouve placé, dans le Mémoire à consulter, une
analyse de la procédure, ayant pour but, notamment d'éluder une
fin de non-recevoir, que l'on sent bien devoir être opposée à un déclinatoire que l'on entend proposer, pour la première fois, devant la
Cour.

Il s'agit de la demande reconventionnelle, en compensation, jusqu'à
concurrence de 8,054 fr. 50 c., et en paiement, pour le surplus,
d'une somme de 57,411 fr., formée par Jean Vayson, devant le Tri-

bunal de commerce d'Abbeville, en réponse au chef de la demande de M. Max. Vayson, en apurement du compte courant d'entre les parties.

Il faut dire ici que cette demande reconventionnelle s'explique tout naturellement par la nature même du compte-courant, tel qu'il existait entre l'oncle et le neveu depuis huit ans, c'est à-dire depuis le 28 février 1850 ; ce compte embrassait la totalité des rapports des deux parties, et l'on y portait *tout* ce qui concernait, activement ou passivement, M. Max. Vayson, pour qui son neveu était à la fois un banquier, un receveur et un mandataire verbal, toujours à sa disposition.

Il était donc tout simple qu'après avoir payé, notamment la dette personnelle de M. Max. Vayson, de 35,172 fr., il la portât au débit de son compte-courant, comme il l'a fait le 31 août 1856.

Il aurait certainement agi de même pour les sommes qui ont fait l'objet de sa demande reconventionnelle, et en eût averti Max. Vayson, s'il avait été en position de les réclamer, avant d'être en procès avec son oncle.

Il a demandé, au cours du procès, que ces sommes fussent ajoutées au débit du compte courant dont on réclamait l'apurement, par la raison que ces sommes lui étaient dues et que le compte-courant, embrassant toutes les relations des deux parties sans exception, il était impossible de le condamner à payer à son oncle un solde de 8,084 fr. 30 c., alors que lui-même était créancier d'une somme plus forte.

On a déjà expliqué ce qui s'est passé devant le juge-commissaire, à propos de l'interpellation adressée à M. Jean Vayson, on n'y reviendra pas.

On prétend que la demande reconventionnelle est injurieuse pour M. Maximilien Vayson, et c'est seulement sur cette demande que son mandataire a entendu dire qu'il n'avait aucun pouvoir pour transiger et alléguer, en même temps, qu'une remise à quinzaine ne suffirait pas à M. Max. Vayson pour prendre un parti sur une demande qui cependant était claire et précise et qui n'était pas éloignée de plus de deux années de l'époque du décès de Mme Vayson.

A la séance suivante, du 22 octobre 1858, on dit que le sens du dire fait au nom de M. Max. Vayson est celui-ci : « M. Max. Vayson n'a » rien à répondre (à la demande) quant à présent, et se réserve de le » faire quand elle sera *régulièrement présentée* ET *appuyée de titres jus-* « *tificatifs.* ». Ainsi, M. Max. Vayson ne s'étonne nullement de ce que la demande *reconventionnelle* soit formulée à propos de la discussion du compte-courant, et son premier mot n'est pas de répondre que les sommes formant l'objet de cette demande sont étrangères au compte-courant, par leur nature, et qu'il n'acceptera le débat que devant le Tribunal de son domicile.

Non-seulement on ne répond pas cela, mais on ne dit pas non plus tout à fait ce qui est exprimé dans la *citation* du Mémoire.

En effet, M° Papavoine dit : « Quant à la *réclamation tardive* faite par Jean Vayson..... (il avait soutenu à la séance précédente que Jean Vayson ne pouvait ainsi, *par de nouvelles productions*, retarder le règlement de la cause et avait insisté pour qu'elle fût renvoyée au plus prochain jour d'audience)..... » M. Max. Vayson déclare, par son » mandataire, qu'il n'a rien à répondre, quant à présent, à une de-» mande tout à la fois aussi injurieuse et *aussi incomplètement formulée*; » qu'il se réserve de le faire quand elle sera *présentée, régulièrement ap-* » *puyée de titres justificatifs.*

Si une équivoque est possible par le texte transformé du dire, tel que nous l'avons énoncé, en le copiant dans le Mémoire à consulter, le sens est clair dans le texte rétabli, et il n'a aucun rapport avec la réserve implicite d'un déclinatoire.

Le Mémoire, en rapportant les conclusions prises successivement à la barre du Tribunal, ne fait pas remarquer :

1° Que pour M. Max. Vayson il a été conclu, *au fond*, à l'audience du 19 novembre, sur la demande reconventionnelle ;

2° Que dans le libellé des conclusions déposées ce même jour, il était dit : « Que quelque étrange et injurieuse que soit la délation » de ce serment, le demandeur est prêt à le prêter *devant le juge de* » *paix de son canton*, la maladie et son grand âge lui rendant tout dé-» placement impossible ; »

5° Que le jugement constate : « Que Max. Vayson excipe de son
» âge et de ses infirmités, afin de n'avoir point à faire un voyage long
» et pénible, dans une saison rigoureuse, pour prêter serment de-
» vant le Tribunal de commerce d'Abbeville; qu'il demande à jouir
» du bénéfice d'une commission rogatoire qui puisse recevoir son
» serment, sans déplacement pour lui-même. »

Après cette analyse de la procédure devant le Tribunal de commerce, le Mémoire pose la question de savoir si la demande reconventionnelle pouvait être opposée à une demande principale en règlement de compte-courant, et il annonce d'avance l'intention de M. Max.
Vayson de soutenir que les premiers juges auraient dû se déclarer
d'office incompétents.

Il annonce, en même temps, qu'il opposerait *au fond*, devant une
autre juridiction, un moyen de libération tiré de ce que son neveu
connaissait, en 1856, les faits sur lesquels il n'a basé sa demande reconventionnelle qu'en 1858, et de ce qu'il aurait signé les deux actes des
50 juillet et 7 août 1856, constituant un accord général sur les affaires
de la succession de Mme Vayson, et portant reconnaissance de sa part
qu'il lui avait été fait remise de *tous les titr s,droits, etc.,* appartenant
à sa tante.

Enfin le Mémoire termine en disant que M. Max. Vayson *ne
se souvient pas* d'avoir chargé personne de requérir une délé-
gation à un autre tribunal, pour recevoir son serment, et il s'efforce de démontrer qu'en *niant* qu'il ait donné à *personne un pouvoir à cet effet*, il n'attaque pas la vérité de l'énonciation du
jugement, et ne formule aucun désaveu,

L'analyse de la procédure, suivie devant le Tribunal civil, ne
présente dans le Mémoire aucune particularité qu'il soit nécessaire de relever.

Enfin, le Mémoire se termine par les questions sur lesquelles
une consultation est demandée.

Ces questions, traitées au point de vue du fait, tant dans le Mémoire
à consulter, que dans nos conclusions et dans la présente note, trouve-
ront leur meilleure solution dans la lecture et l'examen des pièces jus-

tificatives, dont nous avons cru devoir donner le texte exact et par ordre de date.

Traitées au point de vue du droit, dans la Consultation de Mᵉ Coin de Lisle, nous allons les passer en revue très-rapidement, d'autant plus rapidement, que, d'une part, l'honorable avocat consultant pose ses points de droit et ses solutions le plus généralement, en prenant pour base l'exposé des faits présenté par M. Max. Vayson, cas dans lequel nous avons réfuté le droit, en démontrant l'inexactitude du fait, et que, d'une autre part, les faits étant rétablis dans leur vérité, les décisions frappées d'appel contiennent en elles-mêmes leur justification en droit, justification que nous n'avons fait que compléter dans nos conclusions devant la Cour.

Nous examinerons, quoique brièvement, chacune des propositions contenues dans la Consultation.

PREMIÈRE PROPOSITION

Le jugement du Tribunal de commerce d'Abbeville, du 10 décembre 1858, a mal jugé en refusant à Joseph-Maximilien Vayson la condamnation au paiement des 306,737 fr. 94 c.. Soixante-treize pages de la Consultation sont consacrées à l'examen de cette proposition.

Elle est discutée sous ces trois formes :

1° Au 28 février 1850, et depuis cette époque jusqu'au 31 mars 1855, M. Jean Vayson n'est pas devenu propriétaire, à titre de donation ou autrement, des 519,034 fr. 86 c.

2° Les 509,737 fr. 94 c. sont restés dûs après le 31 mars 1855 ;

3° Ces 309,737 fr. 94 c. sont encore dûs aujourd'hui, malgré la déclaration du 15 août 1856, qui est nulle.

On suivra ici cette division.

6

§ 1er. — *J. Vayson était-il ou non au 28 février 1850, nu-propriétaire des 519,034 fr. 86 c., sous la simple condition d'en servir les intérêts à M. Max. Vayson ?*

La Consultation répond négativement et reproche aux juges consulaires, si compétents en pareille matière, d'avoir imaginé une doctrine étrange en matière de livres de commerce, lorsqu'ils ont dit :

« M. Maximilien Vayson n'a pas d'autres points d'appui
» pour sa demande, que les livres de la maison de commerce ;
» mais ces livres, invoqués pour établir la créance de l'oncle,
» étant également invoqués pour établir la libération du neveu,
» Max. Vayson ne peut plus exciper de leur autorité, comme si
» elle était exclusivement en sa faveur. »

Les premiers juges ne sont pas tombés dans une équivoque, et encore moins dans une équivoque *blamable*, quand ils ont parlé des livres de la *maison de commerce*, sans ajouter que ces livres étaient à la fois le livre de l'ancienne maison J. Max. Vayson et C.ᵉ, clos par la mention du 28 février 1850, signée et datée de la main de M. Max. Vayson, et le livre de la nouvelle maison Jean-Antoine Vayson, commençant au verso de la même feuille par l'établissement du compte capital de J. Vayson.

Cette distinction, que les premiers juges n'ont nullement ignorée, ne fait, suivant nous, que donner une force de plus à leur appréciation.

Il est impossible, en effet, de séparer ces deux livres qui, matériellement, n'en font qu'un seul, sans mettre M. Max. Vayson dans l'impossibilité la plus absolue de réclamer les 519,034 fr. 86 c.

D'abord, M. Max. Vayson n'a pas eu en sa *possession* le livre de la maison J. M. Vayson et C.ᵉ ; c'est Jean Vayson qui, à partir du 28 février 1850, l'a dans ses mains, avec les marchandises, le matériel, les créances, etc. Il a eu la disposition et il a disposé de tout depuis cette époque, en véritable propriétaire !

A quelles conditions a-t-il ainsi succédé à M. Max. Vayson ? C'est ce que M. Max. Vayson, privé de son livre, ne saurait établir, et c'est une erreur de dire qu'il aurait une action spéciale pour se faire remettre ce livre, afin d'y puiser le titre qui lui manquerait ! Car si Jean Vayson, au lieu de continuer le livre de l'ancienne maison, en se l'appropriant, avait porté son compte capital, et ensuite toutes ses écritures, sur un nouveau registre, il est évident que M. Max. Vayson serait non moins dépourvu de titre pour réclamer le livre qu'il aurait abandonné avec les marchandises et matériel, que pour revendiquer ces derniers objets eux-mêmes.

Dans cette hypothèse, M. Max. Vayson serait sans titre, et Jean Vayson aurait, dans un livre complètement à lui et entièrement distinct du livre de l'ancienne maison, des écritures régulières basées sur un compte capital *actif net*, constituant Jean Vayson propriétaire des 519,054 fr. 86 c., et du prix de facture du mobilier d'Abbeville, au 28 février 1850.

Si les livres de l'ancienne et de la nouvelle maison, avaient été séparés, et si M. Max. Vayson eût eu en sa possession son livre avec la mention finale qu'il a signée et datée de sa main, sa position, *sous le rapport du droit*, serait encore la même.

En effet, cette mention qui n'existerait, alors que sur le livre de l'ancienne maison J. M. Vayson et C.ᵉ, ne pourrait plus être considérée comme existant en même temps, et, en quelque sorte, comme écriture de transition, sur le livre de la nouvelle maison.

Cela posé, il est bien évident que cette mention ne pourrait être opposée comme un titre à Jean Vayson, qui ne l'a pas signée, (ce qui prouve bien, pour le dire en passant, qu'il n'y avait là qu'un contrat *unilatéral*, tout de bienfaisance et de libéralité.)

Il ne resterait à M. Max. Vayson d'autre ressource que de l'opposer comme une écriture consignée par lui-même sur son livre, c'est à-dire que d'invoquer la foi due aux livres entre commerçants (art. 12 et 109 du Code de commerce, 1529 et 1550 du Code Napoléon.)

Mais alors il aurait à lutter contre deux objections insurmontables, à savoir : 1° que la mention n'est ni un article de crédit, ni un compte ouvert de 549,054 fr. 86 c., de sorte que M. Max. Vayson ne pourrait exciper d'une écriture qui n'est pas commerciale et qui ne serait pas l'écriture régulière propre à le créditer, ou à débiter son neveu de la somme dont il s'agit,

2° Que la mention apposée par lui, comme constituant à son profit une créance de 549,054 fr. 86 c., serait contredite par un ensemble d'écritures parfaitement régulières et s'appuyant sur un *compte capital actif net*, inconciliable avec l'existence de cette prétendue créance.

La distinction faite par l'auteur de la Consultation n'a donc aucun intérêt juridique, parce que la vérité est que la mention n'est opposable à Jean Vayson, ainsi qu'on est obligé de le reconnaître implicitement, que par cette seule raison qu'elle est sur ce que le Tribunal a appelé justement *le livre de la maison de commerce*, c'est-à-dire parce qu'en installant son compte capital au verso de la feuille sur laquelle était inscrite la *mention* formant clôture du livre de la société J. M. Vayson et C°. J. Vayson s'est approprié cette mention, comme le livre lui-même, en le continuant et en en faisant le point de départ de ses propres écritures.

Il ne paraît pas utile de répondre à la théorie présentée sur l'indivisibilité des écritures d'un commerçant. Le jugement n'a nullement proclamé cette indivisibilité dans la cause, en ce sens qu'il serait interdit à M. Max. Vayson de prouver qu'une ou plusieurs erreurs, qu'une ou plusieurs lacunes, existeraient dans les écritures de Jean Vayson.

Il suffit de répondre que M. Max. Vayson, qui ne fait aucune preuve de ce genre, qui ne la faisait pas davantage devant les premiers juges, ne peut se plaindre de ce qu'on lui oppose, comme repoussant sa prétention, des livres régulièrement tenus.

dans leur ensemble et dans leurs détails, et dont il ne peut démontrer l'irrégularité, sur les points particuliers qui intéressent le
procès.

Il ne fait pas cette preuve ; car, ainsi qu'on le dira ci-après,
en répondant à une partie spéciale de la Consultation, les mots
je confie ne sont qu'équivoques et n'excluent nullement la pensée
d'une libéralité ou d'une remise du prix d'une cession dont on
ne se réserve que les intérêts.

Il ne fait pas cette preuve, car la prise de possession du neveu et la déclaration corrélative à celle de l'oncle, qu'il fait en
installant son compte capital *actif net*, au 1er mars 1850, prouve,
au contraire, que M. Jean Vayson a pris possession des 549,054 f.
86 c., comme des 100,000 fr., prix de facture du mobilier
d'Abbeville, en qualité de propriétaire de ces deux sommes,
composant *son actif net en capital*, à cette date.

Il ne fait pas cette preuve, parce que les écritures passées le
51 mars 1855, par Jean Vayson, tant au livre-journal qu'à son
compte personnel, pour constater le paiement de 209,296 f. 22 c.,
sur un *compte ancien*, *à valoir sur un compte* ancien qui n'existait pas, qui ne devait jamais exister, ne sont que la conséquence et l'exécution de la volonté, formellement exprimée par
M. Max. Vayson, dans sa note du 51 mars.

On peut faire remarquer, en passant, qu'il n'y a pas de *note
du 51 mars 1855*, émanée du neveu, et que c'est par le rapprochement des écritures passées par Jean Vayson, que l'auteur
du Mémoire a, lui-même, composé une note qu'il appelle la Note
de J. Vayson.

Il ne fait pas cette preuve, parce que la *manière* dont M. Max.
Vayson est *crédité* au 51 octobre 1856 des intérêts des 509,737 f.
94 c. s'explique par la déclaration du 13 août 1856, sur laquelle
l'écriture a été copiée.

La Consultation dit encore ici : S'il y avait *cession d'affaires* et
somme *capitale* confiée, il n'y avait pas donation.

Il suffit de répondre : S'il y avait *cession d'affaires*, à titre gratuit, il pouvait y avoir en même temps remise du capital, avec réserve des intérêts, et les mots *je confie* peuvent être traduits, sans en torturer le sens, comme ils l'ont été, du commun accord des parties, dans le compte capital, *actif net*, de Jean Vayson.

Du moment où M. Max. Vayson ne prouve pas qu'il y a eu erreur ou irrégularité dans les écritures, au point de vue des 519,034 fr. 86 c., il est bien évident qu'il ne peut pas qualifier d'omission l'absence des écritures qui auraient dû être passées, si sa prétention était fondée, et que le fait que ces écritures n'existent pas sur les livres devient une preuve de plus contre cette prétention elle-même.

C'est ce qui ne pouvait échapper au sens pratique des juges consulaires, et ce qui démontre l'inanité des efforts un peu désespérés qui sont tentés pour contester à leur décision son caractère sérieux et le respect qu'elle commande.

Il n'est donc pas utile de suivre l'auteur de la Consultation dans les théories, plus ou moins contestables, qu'il met au service de cette thèse, à moins que l'omission même, convenue et concertée, d'une écriture sur un livre de commerce, ne soit pas par elle-même la preuve de la libération de celui qui a omis de se débiter par cette écriture, ou de créditer un tiers.

Cela est d'autant moins utile dans l'espèce, que M. Jean Vayson n'excipe pas seulement : 1° de ce que nulle part il ne s'est débité des 519,034 fr. 86 c. ; 2° de ce qu'il n'en a pas crédité son oncle ; 5° de ce que, cependant, il a ouvert pour chacun d'eux un compte personnel, et qu'il n'a jamais crédité celui de son oncle que des intérêts des 519,034 fr. 86 c.

Il excipe d'abord et avant tout, d'une écriture qu'il a passée le 1ᵉʳ mars 1850, d'une écriture qui est la première de sa comptabilité, dont elle est la base, d'une écriture la plus importante de toutes, c'est à dire de celle qui constitue son capital *actif net*, et dans laquelle figure, comme premier élément de cet *actif net*, la somme de 519,034 fr. 86 c.

L'absence des autres écritures qui, dans le système de la prétention de M. Max. Vayson, auraient dû nécessairement le créditer de cette somme et en débiter son neveu, est en parfaite har-
monie avec cette écriture fondamentale qui ne permet pas d'expliquer par une *erreur*, ou par une omission, ce qui n'était que la conséquence directe et nécessaire de l'existence même de cette écriture.

Ce n'est pas, non plus d'ailleurs, une simple preuve négative,
qui résulterait de l'absence au compte personnel de M. Max.
Vayson, d'un crédit de 519,034 fr. 86 c., puisque ce dernier y
est crédité pour les intérêts de cette somme exclusivement. Il n'y
a donc pas là *omission*, mais exclusion intentionnelle et raisonnée
du capital, au moment même où l'on en porte les intérêts au
crédit du compte personnel de M. Max. Vayson.

Si d'ailleurs le compte capital a été dressé sous les yeux et sur les
indications mêmes de M. Max. Vayson, et si toutes les écritures
de cette époque sont évidemment son œuvre, il est vraiment dé-
risoire de soutenir que M. Max. Vayson n'aurait pas pu valablement, dans cette forme, faire la remise au profit de Jean Vayson, et de la nue-propriété des 519,034 fr. 86 c., prix de la
cession des affaires, marchandises, etc., et des 100,000 fr., prix
de facture du mobilier d'Abbeville.

Dans la Consultation imprimée, on prétend que les mots, que
je confie, expriment l'idée d'une transmission à titre précaire. Et
cependant, l'on vient de reconnaître qu'il y a eu cession, c'est
à dire vente.

On peut tout dire, à l'occasion de ces mots qui, par leur élas-
ticité, peuvent prêter à toutes les équivoques! Mais ce qui n'y
prête point, c'est la manière dont les écritures les ont interprétés,
et *le compte capital actif net* du 1er mars 1850, dont l'auteur de
la Consultation semble ignorer l'existence, puisqu'il n'en parle jamais, est, à côté d'un texte qui n'est pas précis et rigoureux, un
commentaire qui ne laisse aucune place au doute.

La Consultation appelle à son secours la convention résolutoire
du 25 juin 1850, dont elle admet l'existence, sur la foi des affir-

mations et des arguments présentés dans le Mémoire à consulter !
On a réduit à leur juste valeur, et les affirmations et les argu-
ments à l'appui de cette convention imaginaire, dans la réponse au
Mémoire, il est donc inutile d'y revenir ici.

Le système des conclusions, sur ce premier point, n'est donc
nullement mis en échec par la Consultation, il suffit d'y renvoyer.

§ 2. — Les 309,737 fr. 94 c. étaient ils dûs à M. Max. Vayson après le 31 mars 1855 ?

La Consultation prend ici acte de ce qu'elle a démontré : 1°
que les 519,034 fr. 86 c. étaient dus à M. Max. Vayson le 1er
mars 1850 ; 2° que M. Max. Vayson avait, dans son livre-journal,
un titre commercial de cette créance.

Nous avons démontré, au contraire, que dès 1850, les 519,034
francs 86 c., prix de la cession des affaires, marchandises, etc.,
avaient fait l'objet d'une libéralité, ou remise de dette au profit
de J. Vayson, aussi bien que les 100,000 fr., prix de facture du
mobilier d'Abbeville, mais avec cette différence que la remise
était pure et simple pour les 100,000 fr., et qu'elle était accom-
pagné d'une réserve d'intérêts pour les 519,034 fr. 86 c.

Que s'est-il passé à l'époque du règlement de l'inventaire du 31
mars 1855 ? a-t-on réglé à nouveau, et d'une manière générale et
complète, la situation de l'oncle et du neveu, et à Abbeville et à
Pont-Remy ? Cela est incontestable : a-t-on fait ce règlement *avant*
l'inventaire et en *vue* de l'inventaire, dont on a modifié ainsi les
résultats ? Nous l'avons démontré dans la réponse au Mémoire à
consulter.

Reste donc la question de savoir si M. Max. Vayson, en repre-
nant 209,292 fr. 92 c. sur les 519,034 fr. 86 c., n'a pas abandonné d'une manière pure et simple, le surplus de ce capital,
abandonné en une propriété, seulement en 1850.

Dans la Consultation, la question est celle de savoir si M. Max. Vayson, créancier de 549,054 fr. 86 c., depuis 1850, demeure créancier de 509,757 fr. 94 c., après les écritures d'inventaire du 51 mars 1855.

L'auteur de la Consultation trouve le terrain de la discussion trop encombré, et il écarte, d'un trait de plume, une partie des documents qui le gênent, sous prétexte qu'ils ont un caractère confidentiel, qu'il y a eu, de la part de Jean Vayson, un manque de foi à les produire, et parce que des *donations* ne se prouvent, ni par des actes sous seings-privés, ni par des notes, ni par des présomptions.

Il range, dans cette catégorie de pièces *confidentielles*, la note du 51 mars 1855, c'est-à-dire *l'ordre* le plus formel et le plus précis de passer les écritures, note donnée avant et en vue de l'inventaire. Tels seraient aussi la lettre écrite par M. Max. Vayson, à son neveu, le 24 mars 1855, et le brouillon de la lettre (et non la lettre), écrit à un tiers, au sujet du mariage, lettre postérieure au 51 mars 1855.

Il est évident *que la note du 51 mars* n'a point un caractère confidentiel : la lettre écrite à Jean Vayson, le 24 mars, n'a pas non plus ce caractère.

Le brouillon de la lettre écrite à un tiers n'avait pas plus, aux yeux de Max. Vayson, un caractère confidentiel, par rapport à son neveu, puisque c'est de lui que son neveu tient ce brouillon.

On fait d'ailleurs ici une confusion étrange sur l'usage que fait très légitimement Jean Vayson, de documents qui lui appartiennent, et qui n'ont rien de compromettant pour l'honneur et la considération de qui que ce soit. Il ne les produit pas comme des titres constitutifs de la libéralité, il ne prétend pas que c'est en lui remettant ces documents que son oncle s'est obligé et s'est fait donateur. Jean Vayson ne produit ces documents que parce qu'ils viennent confirmer la vérité du titre qui est ailleurs, et qui constate en fait l'existence de libéralités consommées.

On ne comprend guères comment ce serait manquer de foi que

7

rétablir la vérité des faits, et l'on comprend moins encore qu'il puisse paraître bien séant, lorsque l'on ne craint pas de se retrancher derrière des exceptions de pure forme, pour rétracter ses dons, d'accuser de manque de foi un homme d'honneur qui n'a que le tort de défendre le patrimoine qu'il tient de son oncle, sans doute, mais qui est le sien, et qui est indispensable pour maintenir son crédit et pour assurer son avenir commercial.

L'auteur de la Consultation, voulant prouver que tout, les notes, les lettres, même les *écritures*, a eu pour *cause* et *motif* déterminant un mariage projeté, ajoute *que la correspondance du mois de mars prouve aussi clair que le jour*, que tout ce qu'on faisait au 54 mars, a été fait et préparé à cause de mariage.

Mais, cette preuve si claire, on ne l'a fait ressortir de la correspondance, qu'à la condition de n'en *citer* aucune partie, parce que cette correspondance est une preuve accablante de la proposition inverse, c'est-à-dire qu'elle démontre, sans équivoque possible, qu'avant et après le 54 mars 1855, il y avait des libéralités irrévocablement consommées, et qu'on en parlait par opposition à celles qui étaient projetées, et qui ne devaient se réaliser que dans le contrat de mariage. Il suffit, pour s'en convaincre, de se reporter aux Conclusions et à la réponse au Mémoire à consulter.

A cette preuve, si décisive et si complète, M. Max. Vayson ne peut opposer que le fait de la coïncidence tout à fait accidentelle de l'existence d'un projet de mariage, et de l'époque ordinaire de de l'inventaire.

Il y a, d'ailleurs, quelque chose d'au moins étrange de la part de M. Max. Vayson, ancien président du Tribunal de commerce, à présenter comme fictives et comme faites en vue d'un mariage, des écritures qu'il aurait ensuite fallu contrepasser, en cas de rupture, et qui, en réalité, n'ont jamais été contrepassées. Cette allégation n'est pas prouvée ; elle est en contradiction avec la nature même des écritures.

L'auteur de la Consultation dénature encore ici (page 44), la pensée du jugement, de manière à la présenter sous un point de vue qui prête à l'ironie, et presqu'au ridicule ! C'est une sorte de parti pris, la Cour lira le jugement, et fera justice.

On revient à la note du 31 mars 1855 qu'on n'espère pas faire écarter du débat comme un document confidentiel, malgré le dédain avec lequel on s'efforce de traiter ce document ; c'est à le discuter qu'on s'arrête définitivement, pour résoudre la question posée de savoir si, après le 31 mars 1853, M. Max. Vayson était créancier des 309,737 fr. 94 c.

On part de ce point, que M. Max. Vayson était créancier de son neveu, au 31 mars 1855, 1° des 519,034 fr. 86 c. ; 2° des 315,242 fr. 68 c., formant la balance active de son compte personnel, augmenté des bénéfices portés au compte de Pont-Remy, c'est-à-dire au total de 834,737 fr. 94 c.

On ajoute que M. Max. Vayson voulait conserver le revenu de ce capital, en retirer une partie pour dégrever son neveu d'une partie des intérêts dont il était chargé, et que, pour atteindre ce but, il a proposé que son neveu lui remît, *en propriété*, des valeurs, pour diminuer d'autant la charge des intérêts, *valeurs au porteur* et *valeurs de portefeuille* dont il ne devait pas, d'ailleurs, être dessaisi, mais qui devaient continuer de demeurer dans ses mains.

Cela n'est pas admissible en soi, et cela n'est pas vrai en fait. Quand, par la note du 31 mars, M. Max. Vayson disait : *de plus les* 524,539 fr. continueront d'être dans ses mains, il n'entendait ni ne pouvait entendre que son neveu ne serait, à l'égard de ces valeurs au porteur et de ces billets de portefeuille, qu'un *dépositaire* qui ne pourrait ni disposer des premières, ni employer les encaissements par lui faits sur les secondes à ses affaires commerciales. En effet, dans cette hypothèse, au lieu de trouver un nouvel avantage dans ces mots *de plus les* 524,539 fr. continueront d'être dans ses mains, Jean Vayson y aurait rencontré une charge, ce qui n'est pas moins contraire au sens naturel de la note qu'à l'intention commune des parties. Comment, d'ailleurs, M. Max. Vayson aurait-il interdit à son neveu l'usage des capitaux (200,000 fr.) que le remboursement des billets devait forcément faire tomber dans sa caisse, alors qu'il ne voulait pas d'ailleurs en dessaisir son neveu ? Cela aurait eu pour conséquence de priver M. Max. Vayson des intérêts de ces capitaux qui, cependant, ne pouvaient pas demeurer improductifs. La force des choses est ici d'accord avec le sens naturel de la note, pour démontrer que les 524,539 fr. qui devaient continuer d'être dans les mains de Jean Vayson, devaient continuer d'y être pour son utilité et pour en disposer au mieux de ses intérêts, sauf à créditer à nouveau le compte personnel de son oncle et à lui payer des intérêts, comme par le passé, à raison des sommes qu'il aurait encaissées par suite de la réalisation desdites valeurs.

Le fait matériel est en désaccord avec l'explication donnée par la Consultation, puisque le compte courant, qui n'a jamais été et qui n'est pas encore critiqué en cette partie, démontre que l'on y a porté au crédit de M. Max. Vayson le montant des billets encaissés, les intérêts des obligations, etc., en un mot, toutes les sommes tombées dans la caisse commerciale de Jean Vayson, et par lui confondues avec ses propres capitaux.

Si l'on s'est arrêté sur un point qui paraît si clair, c'est que la Consultation le traite dans le sens opposé, avec beaucoup de détails dificiles à saisir, et en tire des conséquences qu'il faut écarter avec l'explication elle-même.

Le but de cette explication, si laborieusement déduite dans la Consultation, est notamment d'échapper à cette conséquence si simple et si claire de la note du 31 mars 1855, à savoir : Qu'il ne s'agissait pas de *payer réellement* à l'oncle une *partie* de ce qui pouvait lui être dû, mais de fixer l'importance de sa créance, en distinguant ce qui lui revenait de ce qui appartenait au neveu, ce dernier, demeurant d'ailleurs nanti de toutes les valeurs appartenant à l'un ou à l'autre.

L'auteur de la Consultation, affectant toujours de ne voir dans la note du 31 mars 1855, au mépris de tous les termes qui la composent, qu'une simple proposition soumise à M. J. Vayson, veut établir que la volonté de l'oncle était de constituer son neveu donataire, à cause de mort, de 854,000 fr., et qu'il a exprimé cette volonté dans la note par les mots : *après moi, le tout lui appartiendra* par l'acte d'institution universelle. Mais ces mots s'appliquent évidemment aux 524,559 fr., ou à toute la fortune de l'oncle ! Ils ne peuvent se référer aux 509,757 fr. 94 c., puisque la note porte : JEANNIN EST DONATAIRE, ce qui ne peut s'appliquer qu'aux 509,757 fr. dont M. Maximilien Vayson vient de dire qu'il ne veut pas qu'il soit parlé.

Le neveu, dit-on, aurait refusé cette donation, à cause de mort, de 854,276 fr. 92 c., et il aurait refusé en disant que jusque là, les 549,054 fr. 86 c. n'avaient pas figuré sur ses livres, et que le compte-courant ne pouvait pas être réformé. Eh bien ! soit, aurait répondu l'oncle, tu demeureras mon débiteur des 509,757 fr. 94 c., sans les faire figurer au compte-courant !

Ici la Consultation diffère du Mémoire à consulter, mais peu importe ! Dans ce qui est d'imagination, les variantes ne sauraient être rigoureusement jugées, mais ce qu'il faut remarquer, c'est que si l'allégation est ici un peu moins invraisemblable, ou plutôt un peu moins ingénieuse, elle repose sur cette fable, que l'oncle aurait fait une distinction impossible à expliquer, entre les 524,559 fr. qu'il ne devait pas *toucher* et les 509,757 fr. 94 c. qui devaient lui *rester dûs*, sans qu'il les touchât davantage.

Les mots : *Jeannin est donataire* paraissent clairs, positifs, péremptoires ! La Consultation ne les apprécie pas ainsi ; et, saisissant encore une occasion de prendre à partie le Tribunal de commerce d'Abbeville, elle lui fait un grief d'avoir traduit ces mots par ceux-ci : *Jeannin en est donataire*, c'est à dire, donataire des 509,757 fr. 94 c.

Est-il besoin de répondre, quand il n'y a pas là matière à interprétation ?

Si on lit le texte de la note, sans se préoccuper des articulations des parties, il est impossible de ne pas appliquer les mots : *Jeannin est donataire aux* 509,757 fr. 94 c.

Il n'y a pas, non plus, d'antagonisme entre ces mots et ceux *après moi, le tout lui appartiendra ;* la concordance est parfaite : après la mort de l'oncle, le tout appartiendra, en effet, au neveu ; puisque, dès à présent, il est donataire des 519,054 fr. 86 c., et qu'il sera légataire des 524,559 fr.

L'argumentation de la Consultation est elle réellement sérieuse ? Il serait déjà permis d'en douter ; mais que dire de la page 52, qui divise la note en deux parties, pour dire que les 509,737 fr. 92 c. n'y sont plus envisagés dans la deuxième partie, comme un reliquat des 519,054 fr. 86 c., mais comme le restant des 854,276 francs 94 c. ?

Que dire des remarques faites sur les nuances du style ? *du sentiment qui agite* M. Max. Vayson ? Comment les mots, si naturels dans la situation respective de l'oncle et du neveu : « *Jean-* » *nin est donataire, de plus,* héritier légataire, de plus les 524,359 » fr. continueront d'être dans ses mains, » peuvent-ils être présentés, avec une apparence de conviction, comme inspirés par la mauvaise humeur ? comment aussi le mot *donataire* est-il le cri d'un homme blessé ?

C'est de la fantaisie qui déborde.

C'est peu connaître M. Max. Vayson, que de le faire donateur d'un neveu qui vient de le blesser. Mais il faut pardonner un peu de fantaisie à l'excellent auteur d'une Consultation qui ne pouvait s'étayer sur des faits réels.

Au surplus, au 31 mars 1855, il ne pouvait y avoir méfiance de la part de Jean Vayson, à qui l'on promettait de compléter une dot de 1,200,000 fr., et en face du neveu méfiant, M. Max. Vayson, justement blessé, et de mauvaise humeur, n'aurait eu qu'une chose à faire et il l'aurait faite, c'eût été de rompre immédiatement.

Ce qui est certain, c'est que Jeannin est à la fois donataire et légataire. (Ces deux mots employés pour distinguer deux choses différentes). De quoi est-il donataire, si ce n'est des 309,737 fr. 94 c. dont *on ne parlera pas*, et à l'occasion desquels on continuera comme *par le passé*? Il faut toujours en revenir à cette question qui restera toujours sans réponse. Ce n'est donc pas une *hardiesse trop grande*, de la part du Tribunal, d'avoir traduit les mots : *Jeannin est donataire*, par ceux : *Jeannin en est donataire*. Il n'y a pas là hardiesse, mais certitude; il faut une prévention aveugle pour critiquer ce qui se justifie de soi-même.

Peut-on admettre, comme l'insinue l'auteur de la Consultation, que le mot donataire signifie : *donataire du tout,* c'est à dire, dans son système, donataire à cause de mort? Evidemment non! Le mot *donataire,* employé comme il l'est dans la note, par opposition au mot *légataire,* ne peut se référer à une disposition à cause de mort ; c'est l'idée contraire qu'il exprime.

Sous ce titre un peu prétentieux : *Raison péremptoire pour écarter la note,* la Consultation suppose que cette note n'a pas été suivie et qu'il a été fait toute autre chose. On a déjà réfuté cette argumentation telle qu'elle était présentée dans le Mémoire à consulter.

Mais ici l'auteur de la Consultation est plus précis ; il dit : « *Au* » *lieu de continuer le compte courant, en portant au débit les 524,559* » *francs,* ET AU CRÉDIT LES 519,034 *fr. 86 c,* il a clos le compte » *en l'éteignant par* 545,242 *fr. 08 c. de nouvelles valeurs égales* » *au crédit.* »

Voilà qui est très net! J. Vayson devait porter au crédit de son oncle les 519,034 fr. 86 c., et au débit, les 524,559 fr., mais, comme il existait déjà au crédit de l'oncle 245,000 fr., et que la note ordonnait d'y ajouter les bénéfices de Pont-Remy, 100,535 fr., il y aurait eu, au crédit, 834,000 fr., et au débit, 524,000 fr. seulement. Donc, le compte n'aurait pas été balancé, il n'aurait pu être *annulé* comme la note le prescrivait en termes impératifs !

Cette manière de procéder aurait d'ailleurs été en contradiction avec la même note qui prescrivait *de ne pas parler des* 309,757 francs 94 c., c'est à dire, de ne pas les porter au crédit de M. Max. Vayson !

On reproche encore à J. Vayson ne ne pas avoir ouvert d'article spécial sur le grand livre pour le compte ancien !

Mais cela était impossible de l'aveu même de M. Max. Vayson qui, dans son système, prétend avoir consenti à demeurer créancier sans autre titre que la mention du 28 février 1850. Il n'y a donc pas là inexécution de la note du 31 mars 1855.

On allègue encore ici, comme un fait d'inexécution, que les 524,539 fr. de valeurs ont été réellement remis à l'oncle, ou tenus à sa disposition.

Cela est inexact ! J. Vayson est demeuré nanti des valeurs, il a crédité le compte-courant de son oncle au fur et à mesure des rentrées qui s'opéraient, Il n'a payé les 524,589 fr. à M. Max. Vayson que deux ans plus tard, quand déjà le procès était à l'horizon.

Est-il vrai, comme on le dit dans la Consultation, en passant à une autre argumentation, que les premiers juges aient fait du mot *donataire le pivôt de* leur raisonnement, et qu'ils ne lui aient attribué que la valeur d'un commencement de preuve par écrit ? Non ! le jugement dit : « Que la note écrite par M. Max. Vayson est, pour Jean-» Antoine Vayson, un titre libératoire de 309,757 fr. 94 c. dont son » oncle lui a fait la remise volontaire, après arrêté de compte, et « que la passation des écritures sur des livres que Max. Vayson avait » constamment dans les mains est une nouvelle preuve de cette re-» mise. »

Et ils ajoutent : « Qu'en n'attribuant même à ces documents que » la valeur d'un commencement de preuve par écrit, il suffirait, avec » les autres éléments de la cause, pour faire rejeter la demande de » Max. Vayson ! »

Constatons, d'ailleurs, que la Consultation omet complètement de s'expliquer sur l'incompatibilité des écritures passées le 31 mars, avec l'existence alléguée d'une créance de 309,737 fr. 94 c. au profit de M. Max. Vayson, sur la parfaite concordance de ces écritures sous ce rapport avec les termes formels et le sens évident de la *note,*

On passe sur tout cela pour faire un argument de droit qui n'est qu'un argument sur la forme de *la remise de dette*, on sait trop bien que la remise de dette peut être établie par tous les genres de preuve qu'admet le droit commun (voir sur ce point le jugement, les conclusions et les autorités qui y sont citées) : si l'on ne se hasarde pas à lutter directement contre une doctrine et une jurisprudence qu'il est impossible de critiquer sérieusement, on pointille sur les mots, et se rappelant sans doute le temps où le droit consistait dans les formules, on professe magistralement qu'il n'est pas permis de convertir le mot *donataire* en celui du *débiteur* libéré, sans changer la pensée du rédacteur qui parle de *donation*, et non de *remise* de dette. *En fait*, l'argument est sans nulle portée, car il est certain que dans le langage ordinaire celui qui fait gratuitement une remise de dette, *donne* la somme dont il fait la remise, et qu'il est tout naturel que le créancier déclare qu'il *donne* lorsque sa pensée est de libérer son débiteur. *En droit*, les mêmes autorités qui décident avec raison que la remise de dette n'est assujettie à aucune forme, reconnaissent que la remise de dette constitue une libéralité *espèce de donation*, une véritable donation. Donc, l'emploi du mot donner peut se trouver dans un acte de remise de dette ou de reconnaissance d'une remise antérieure, sans transformer cet acte en une donation entre-vifs, assujettie aux formes prescrites par les articles 931 et suivants du Code Napoléon.

L'auteur de la Consultation le dira bientôt lui-même, discutant la valeur de la déclaration du 13 août 1856, il y verra ce qu'il appelle de *véritables remises de dettes pures et simples*. Or, ces remises de dettes seront formulées en ces termes : 1° *je déclare avoir cédé gratuitement* la suite de mes affaires :

2° Je déclare avoir DONNÉ, *sans aucune réserve, ledit mobilier.*

L'auteur de la Consultation, après avoir dénaturé l'économie du jugement, termine enfin sa discussion en examinant le mérite d'une série de présomptions qui, suivant lui, seraient groupées par le même jugement autour du mot *donataire*, considéré comme commencement de preuve par écrit !

8

La plupart de ces présomptions ne figurent pas à ce titre dans le jugement ; par une raison bien simple, c'est ce que les premiers juges déclarent, [que la *note* du 31 mars 1855 est un titre libératoire, que les écritures sont une nouvelle preuve de la libération de Jean Vayson, et que la note et les écritures, en fussent-elles qu'un commencement de preuve par écrit, elles suffiraient pour faire repousser la demande de M. Max. Vayson.

Or, les présomptions que discute la Consultation, pour les rattacher au mot *donataire*, sont tirées du texte de *note*, du sens et de la portée des écritures du 31 mars. C'est-à-dire que, par un artifice habile, on ne donne à la note et aux écritures aucune valeur comme *preuve*, et qu'on ne leur laisse que celle de simples présomptions à grouper autour du mot *donataire* !!

Quoiqu'il en soit, et sous cette formule, l'auteur de la Consultation combat une partie des raisons qui démontrent que la note du 31 mars est une preuve, et que les écritures de la même date sont une nouvelle preuve de la libération de Jean Vayson, relativement aux 309,737 fr. 94 c.

C'est d'abord une nouvelle discussion de la note qui recommence ! Les mots : « resterait 309,737 fr. 94 c., sur les 549,034 fr. 86 c. » ne sont pas, dit-on, la preuve de la remise de dette, parce que les renonciations ne se présument pas !

Mais la remise résulte évidemment de l'ensemble de la note, qui ne doit pas être appréciée, en isolant chaque mot ou chaque membre de phrase !

La Consultation ne concède pas que la note arrêtait le compte de ce qui restait dû à M. Max. Vayson et le fixait à 524,539 f. ! En effet, dit-on, l'arrêté de compte serait de 834,276 fr. 94 c. !

C'est là une erreur ! Il y a un compte de 834,276 fr. 94 c., mais il est réduit et conséquemment arrêté à 524,539 fr., non par une balance nouvelle, après une soustraction en chiffres, mais parce que M. Max. Vayson ne veut être débité que de 524,539 fr., et qu'il ne veut pas qu'il soit parlé des 309,737 fr. 94 c., ajoutant : *Jeannin est donataire de plus*, etc., etc.

Sur. le fait que les 524,559 fr. devaient rester dans les mains du neveu, on essaie de nouveau une objection inadmissible, puisque les 524,559 fr. ne devaient pas *du tout* entrer dans le coffre de l'oncle, mais rester dans celui du neveu.

On a fait, ensuite, de nouvelles querelles de *texte*, alors qu'il s'agit de répondre à ce que les premiers juges n'ont dit que pour mettre en relief le sens évident de la *note*. Ainsi la note ne porte pas dans son texte que M. Max. Vayson retire 509,737 fr. 94 c. de la créance! La note ne dit pas non plus que M. Max. Vayson a ajouté : Je *déduis* 509,737 fr. 94 c. de ma créance, *parce que* Jeannin est donataire !!

Tout cela est vrai quant au *texte*, mais sans portée, quant au sens, qui est exactement rendu par le Tribunal.

On arrive aux motifs du jugement sur les écritures, auxquelles la Consultation persiste à ne donner que la valeur d'une simple présomption.

Ici la Consultation s'écarte singulièrement des étranges assertions du Mémoire à consulter. M. Max Vayson n'est évidemment plus l'homme étranger à la comptabilité de son neveu, n'ayant jamais eu les livres à sa disposition, et n'ayant pas voulu, d'ailleurs, s'occuper des affaires dont il s'était déchargé sur Jean Vayson.

Ainsi se contente-t-on d'alléguer qu'il y a de l'exagération à *dire* que les écritures du 51 mars ont été *dictées* par M. Max. Vayson, et à dire qu'il avait constamment les livres dans les mains. On ajoute que les premiers juges n'ont pu *judiciairement* connaître le fait qu'ils affirment.

Pour prouver que, malgré la teneur même de la *note* qui *prescrit* les écritures à passer, l'oncle n'a pas *dicté* les écritures et ne les a même point approuvées, l'auteur de la Consultation, qui a déjà distingué, à l'aide de si étranges commentaires, deux parties dans la note, en est réduit à ajouter qu'entre la première et la deuxième partie, l'oncle a fait un voyage à Paris; que pendant son absence on a passé les écritures du 51 mars, et que la deuxième partie de la note est un reproche adressé au neveu, sur la manière dont les écritures étaient passées!!

Où est la preuve de cette étrange allégation que l'aspect seul de la note suffit pour réfuter?

On revient sur cette thèse, que *l'omission*, même *convenue et concertée* n'est pas une preuve de libéralité. Elle peut être, elle doit être une preuve de remise de dette, quand rien ne permet de supposer que *l'omission* n'a pas un motif différent. Il ne peut surtout y avoir d'hésitation, quand la prétendue *omission* est alléguée par un créancier qui n'a pas de titre et qui reconnaît que c'est de son consentement, et d'accord avec son débiteur, qu'on ne l'a pas crédité. C'est à ce prétendu créancier qu'il incombe de prouver que, s'il a consenti à ne pas être crédité, quoiqu'il n'eût pas de titre, il avait pour cela des motifs connus de son débiteur. La Consultation se borne, à cet égard, à des suppositions comme celles ci : M. Max. Vayson ne pouvait-il pas se proposer de donner les **309,737** fr. 94 c. au jour du mariage, *sans l'avoir dit à son neveu*? Ne pouvait-il pas même se proposer de mettre les livres en opposition avec la vérité, pour rendre la position apparente de son neveu plus brillante? L'auteur de la Consultation trouve cette supposition blessante; c'est lui seul qui l'a faite, et M. Jean Vayson la repousse, et pour lui et pour M. Max. Vayson lui même.

Enfin la Consultation, abordant le terrain des véritables présomptions, glisse sur ce sujet en quelques lignes, en se gardant bien de faire allusion aux pièces produites devant le Tribunal civil, et qui confirment, en les multipliant, les présomptions si graves, si précises, qui jaillissent de tous les faits et documents du procès.

La Consultation a-t-elle prouvé que M. Max. Vayson était créancier de son neveu, après le 51 mars 1855, d'une somme de 309,737 fr. 94 c.? Non! c'est le contraire qui demeure établi, par les conclusions comme par le jugement.

§ 3. — *Les 309,737 fr. 94 c. sont-ils dûs aujourd'hui à M. Max. Vayson, abstraction faite de tout ce qui est antérieur au 13 août 1856, et malgré la déclaration da 13 août 1856 ?*

Il est bien évident que si, comme on l'a démontré dans les conclusions, Jean Vayson était donataire en nue-propriété, et par voie de remise de dette, des 519,034 fr. 86 c., en 1850, et si, après le règlement par inventaire de la situation des parties en 1855, il était donataire par remise de dette, non plus des 519,034 fr. 86 c., mais d'un reliquat de 309,737 fr. 94 c., abandonné cette fois en toute propriété, il n'a pas besoin de la déclaration du 13 août 1856 pour justifier ses droits à la propriété de cette somme.

La position de M. Max. Vayson était celle-ci devant les premiers juges : on écrivait et on plaidait en son nom que la déclaration du 13 août était radicalement nulle, et qu'elle devait être considérée comme non avenue en son entier !

Aujourd'hui, pour échapper en partie à l'odieux d'une rétractation inexplicable et inexpliquée, on distingue deux parties dans cette déclaration que l'on appelle : l'une, la partie *renonciative* et *verbale*, l'autre, la partie (p. 67), *donative et nulle ou révocable.*

Sans nous arrêter à une chicane de mots, nous dirons que, dans la partie prétendue *renonciative et verbale*, l'auteur de la Consultation reconnaît lui-même qu'il y des *remises* de dette *pures et simples* et qui, cependant, sont formulées par les mots : j'ai cédé GRATUITEMENT, j'ai DONNÉ sans aucune réserve.

L'auteur de la Consultation est ici dans le vrai, sous le rapport du droit ; mais il s'en écarte évidemment, sous le rapport du fait, quand il met au nombre des libéralités acquises au neveu, en vertu de cette partie de la déclaration : 1° la cession *gratuite* des affaires commerciales de M. Max. Vayson ; 2° la renonciation au bénéfice de la *prétendue* clause résolutoire de la *prétendue* convention du 25 juin 1850 ; 3° la renonciation à tout droit de répétition, relativement à la différence existant entre le chiffre de 549,034 fr. 86 c. et les chiffres portés à l'inventaire de 1850.

On a suffisamment démontré dans la réponse au Mémoire à consulter : 1° que la cession des affaires de M. Vayson ne comportait pas la stipulation d'un prix pour *un pas de porte*; 2° que la prétendue convention du 25 juin 1850 et sa clause résolutoire n'ont jamais existé ; 3° que les 549,034 fr. 86 c. sont le résumé exact d'un inventaire régulier, et que Max. Vayson n'a consenti aucune remise, aucune déduction, si ce n'est celle du *passif* à payer et des rabais à subir sur les comptes créditeurs à recouvrer.

L'auteur de la Consultation a dit, à l'occasion de la partie de la déclaration qu'il appelle *renonciative verbale*, ce sont là de véritables remises de dette, remises *pures et simples*, etc. (69).

Comment allier cet aveu avec la dénégation de la valeur juridique du mot *donner* ou *donataire*, lorsqu'il s'agit de remise de dette. « *Je déclare avoir donné*, » (4ᵉ paragraphe de la déclaration) sont des expressions constituant juridiquement une remise de dette valable, et les expressions « *Jeannin est donataire* » ne pourraient pas, *en droit*, constituer la même remise valable.

Nous attendrons l'audience pour avoir le mot de cette contradiction. Mais prenons acte de cette concession, sans doute obligée, relative au mobilier industriel d'Abbeville, qui était le chef principal de la demande soumise au Tribunal civil.

L'auteur de la Consultation apprécie autrement la deuxième partie de la déclaration du 13 août 1856, qu'il appelle la *partie donative*, et on peut vraiment s'étonner qu'il ne se soit pas posé immédiatement la question de savoir si un écrit, dans lequel il venait de constater jusqu'à *cinq remises* de dettes pures et simples, n'était pas par cela caractérisé dans son *but* comme dans sa valeur juridique.

Il aurait pu se dire cependant assez naturellement : voilà un écrit qui se révèle clairement comme un acte unilatéral sérieux et valable ; son but est de faire des dispositions actuelles et irrévocables ; cela est évident pour moi ; à l'égard d'un grand nombre

des énonciations de cet acte, elles constituent à mes yeux des remises de dettes, tantôt avec l'emploi des mots : *J'ai donné, cédé
gratuitement*, tantôt d'une manière implicite. Il y a, à côté de
ces remises pures et simples, d'autres dispositions qui, sauf la
stipulation d'un droit de retour, et une réserve d'intérêts, paraissent également exprimer une volonté actuelle et absolue, de
la même nature que celle qui a dicté les dispositions précédentes.
Donc les dispositions ont toutes le même caractère, et l'acte, qui
est unique, ne saurait être considéré, en même temps, comme l'instrument valable d'une remise de dette, et comme un testament nul
en la forme et au surplus toujours révocable.

Il aurait pu remarquer également que la déclaration du 13 août
1856 peut d'autant moins être confondue avec un testament, ou y
être assimilée, qu'elle est faite précisément par opposition à l'idée
du testament. En effet, il y est dit : « *J'ajoute que par mon testament
» j'ai fait M. J.-A. Vayson, mon légataire universel, et que, mourant
» avant lui, la présente déclaration sera inutile.* »

La déclaration n'est donc pas, comme le dit la note à l'encre rouge,
un extrait du testament de M. Vayson, puisque ce testament qui ins-
titue J. Vayson légataire universel rendra *cette déclaration inutile*.
Elle est faite pour *régler actuellement* les droits de J. Vayson sur le
mobilier de Pont-Remy et sur les 509,737 fr. 86 c., non pas en
vue du décès de M. Max. Vayson, qui rendra la déclaration inutile,
mais en vue du temps présent, et d'une manière irrévocable à l'égard
de J. Vayson *personnellement*. Seulement, l'oncle se réserve les intérêts de 509.757 fr. 86 c., et à l'égard de cette somme, comme à
l'égard du mobilier de Pont-Remy, il entend les reprendre s'il vient
à survivre à J. Vayson.

La question qui se présente, tout naturellement, est celle de savoir
si, en fait, il n'y a pas eu, pour les 509,737 fr. 86 c., une remise de
dette, formulée par M. Max. Vayson, dans sa déclaration du 13 août,
comme on reconnaît un peu tardivement qu'il y a eu remise de
dette, formulée par lui dans la même déclaration, à l'égard d'un
prix de cession d'affaires commerciales et du prix de facture du

mobilier d'Abbeville, en ces termes : *J'ai cédé gratuitement*, je déclare *avoir donné*.

La question, en droit, est celle de savoir si la volonté de M. Max. Vayson, au point de vue d'une remise de dette, peut se trouver privée d'effet, parce que la remise de dette n'aurait pas été *pure et simple*, mais conditionnelle, c'est-à-dire, accompagnée d'une condition résolutoire, en cas de prédécès de J. Vayson, et de plus, faite avec une réserve d'intérêts.

L'auteur de la Consultation, dans un but que nous n'avons pas à rechercher, rejette sur le second plan ces deux questions qui sont les questions vraies, claires et précises, qui ressortent de la déclaration du 15 août, et il préfère rechercher, avec un certain appareil scientifique, si la déclaration du 15 août ne constituerait pas une remise de dette dans la première partie, et dans l'autre une donation à cause de mort.

Traitons d'abord les deux questions qui viennent d'être posées.

En fait la déclaration du 15 août indique t-elle, dans sa deuxième partie, qu'il ne s'agit pas d'une remise de dette à l'égard des 509,737 fr. 94 c. ?

« *Voici* la *déclaration* :

» *Je déclare de plus que, pour les* 549,034 *fr.* 86 *c.. il m'a remboursé* » *la somme de* 209.296 *fr.* 92 *c. qu'il reste, en conséquence, me devoir* » *seulement* 509.727 *fr.* 94 *c.*, SOMME QUE JE LUI DONNE DÈS AUJOURD'HUI, » *mais pour entrer en jouissance après ma mort, et sous la condition* » *que la donation sera nulle si j'avais le malheur de le voir mourir* » *avant moi, et encore qu'il me servira les intérêts de ladite somme ma* » *vie durant !* »

On a déjà démontré que de l'aveu de l'auteur de la Consultation, (changeant d'avis, suivant que le même mot se trouve dans une mention, ou dans une autre, quoiqu'écrit dans le même esprit et dans le même sens), l'emploi du mot *donner* n'est point exclusif de l'idée d'une remise de dette, qui est elle-même une véritable libéralité, une espèce de donation affranchie de toutes formes et pouvant être établie par tous les genres de preuves.

Or, la position est celle-ci : les 509,757 fr. 94 c. ne sont pas dans les mains de M. Max. Vayson, mais dans la caisse de son neveu! M. Max. Vayson n'a même pas de titre pour réclamer cette somme dont il n'est crédité nulle part sur les livres de J. Vayson! peut-il matériellement donner les 509.757 fr. 94 ? Il ne pouvait les donner qu'après les avoir reçus! Donc, lorsqu'il dit dans la déclaration : « *Je lui donne*, » il veut dire qu'il dispense son neveu de les payer, qu'il le libère du capital de la dette, à la condition qu'il lui en servira les intérêts, et qu'il profitera seul de cette remise du capital, de telle façon qu'elle sera nulle et comme non avenue, si J. Vayson décède avant son oncle.

La remise de dette est actuelle, est définitive : *Je lui donne*, elle est seulement personnelle à Jean Vayson, et elle ne porte que sur le capital dont M. Max. Vayson se réserve les intérêts, *sa vie durant*.

Il n'est donc pas possible, en fait, d'hésiter sur la question de savoir si la déclaration du 13 août 1856 est, à l'égard des 309,737 fr. 94 c., une remise de dette.

Il reste à examiner, en droit, si la réserve des intérêts et la clause résolutoire, en cas de prédécès de Jean Vayson, peuvent changer la nature de la déclaration, et l'annuler à défaut de l'emploi des formes prescrites par la loi pour les donations entre-vifs.

Pas de difficultés relativement à la réserve des intérêts, et l'auteur de la Consultation, lui-même ne relève pas cette réserve comme un élément incompatible avec la remise de dette. Il est, en effet, certain que celui qui peut abandonner tous ses droits sur la créance, peut ne faire qu'un abandon partiel, ne remettre que la moitié ou les deux tiers de la dette, et conséquemment dispenser son débiteur de payer le capital, en réduisant sa créance aux intérêts qui lui seront payés pendant un certain temps.

Est-il plus difficile d'admettre que le créancier qui peut *limiter* la remise de la dette, quant à la somme qu'il abandonne, pourra la *limiter* également, par rapport aux personnes auxquelles elle profite ? Que si, par exemple, il ne fait la remise qu'en considération de la personne du débiteur lui-même, il pourra valablement rendre la remise conditionnelle et résoluble en cas de prédécès du débiteur ?

On ne voit pas la raison qui pourrait s'y opposer, sans rappeler ici les autorités invoquées dans les conclusions ; il suffit de dire que l'auteur de la Consultation ne méconnait rien de ce qui est consacré par la doctrine des auteurs, à savoir : 1° que la remise de dettes est un contrat *sui generis* qui, bien que constituant une libéralité et une espèce de donation, est affranchi de toute solennité, et peut être établi par tous les genres de preuve; 2° que cette remise peut être partielle ou totale, avec ou sans réserve des intérêts ; 3° qu'elle peut être affectée d'une condition !

Mais il ne veut pas que cette condition puisse être une condition *résolutoire* de la remise en cas de prédécès du débiteur! Pourquoi ? parce que cette condition serait contraire à la loi ! mais comment serait-elle contraire à la loi?

Ici l'auteur de la Consultation ne répond pas avec netteté, et en pur droit, parce qu'il sent bien qu'en présence du droit pur, il ne pourrait alléguer aucune raison acceptable. Il répond que dans *l'espèce* particulière de la cause, la remise de dette n'est qu'une apparence qui couvre une véritable *donation* entre-vifs ou une donation à cause de mort! .

Donc, de l'aveu implicite de l'auteur de la Consultation, la condition résolutoire, en cas de prédécès du débiteur, n'est pas, par elle-même, incompatible avec la remise de la dette, mais dans l'espèce du procès il n'y a pas *remise de dette*, mais donation entre-vifs, nulle à défaut des formes exigées par la loi, ou donation à cause de mort, nulle parce qu'elle n'est pas énoncée par l'article 895 du Code Napoléon, comme l'un des modes reconnus par la loi, de faire des dispositions gratuites.

Mais on oublie ici 1° que la jurisprudence admet la validité des donations entre-vifs dissimulées sous la forme d'un autre contrat, valable aux yeux de la loi; 2° que le mot *donner* s'appliquant aussi bien à la remise de dette qu'à la donation entre-vifs, il n'existe, dans l'espèce, aucune raison de refuser effet à une remise de dette formulée comme elle l'est dans l'acte du 12 août 1856, à moins que l'on ne prouve que c'est bien *une donation entre-vifs* qu'on a voulu faire, et que c'est bien *un acte de donation*, c'est-à-dire un acte *nul* que M. Max. Vayson a voulu mettre dans les mains de son neveu !

On ne prétend pas, on ne peut pas même prétendre qu'il en soit ainsi, et quand M. Vayson disait, dans la lettre accompagnant la déclaration *très formelle des donations qu'il avait faites*, qu'elles n'étaient pas dans la forme voulue par la loi, mais que son testament remédierait à cet inconvénient, il n'entendait pas dire que cette déclaration ne dût produire aucun effet; il y attachait évidemment la pensée contraire, puisqu'il l'envoyait à son neveu.

Resterait donc la question de savoir si M. Max. Vayson a eu l'intention de faire *une donation à cause de mort*, c'est-à-dire une donation que la Consultation prétend prohibée d'une manière absolue par l'article 893 du Code Napoléon, qui, dans tous les cas, si elle n'était pas nulle, serait essentiellement révocable !

Il est complètement inutile d'examiner la question de savoir si l'article 893 prohibe implicitement les donations à cause de mort, puisqu'il est de l'essence de ces donations d'être toujours révocables ; c'est là le caractère qui les distingue des donations entre-vifs.

« La donation à cause de mort, dit M. Toullier, est aussi une » convention par laquelle une personne donne à une autre qui ac- » cepte, mais de telle manière que la propriété de la chose donnée » ne passe irrévocablement au donataire qu'au décès du donateur.

» Le caractère des donations entre-vifs et celui des donations à cause » de mort diffèrent donc en ce que le donateur entre-vifs se dépouil- » lant irrévocablement de son vivant, en renonçant à la faculté de » révoquer son don, préfère le donataire à lui-même.

» Le donateur à cause de mort, conservant toujours la faculté de » révoquer son don et de reprendre les choses données, se préfère » lui-même au donataire, qu'il préfère seulement à ses propres hé- » ritiers. » (Touillier, donations, titre 2, nᵒˢ 5 et 6.)

Cela posé, il suffit, pour repousser immédiatement la thèse de la Consultation, de rechercher dans la déclaration du 15 août elle-même et dans la manière dont M. Max. Vayson a exprimé sa volonté, s'il se préfère à J. Vayson dans sa disposition relative aux 509,737 fr. 94 c., et s'il préfère seulement ce dernier à ses héritiers. Or, il dit : « *Somme* » *que* JE LUI DONNE DÈS AUJOURD'HUI , *mais pour entrer en jouissance* » *après ma mort, et sous la condition que la donation sera nulle si* » *j'avais le malheur de le voir mourir avant moi, et encore qu'il me* » *servira les intérêts de ladite somme, ma vie durant !* »

Il est évident qu'ici M. Max. Vayson préfère son neveu à lui-même quant à la somme qu'il lui *donne dès aujourd'hui*, à la condition qu'il lui en servira les intérêts, sa vie durant. Il préfère son neveu à lui-même, en ce qu'il s'interdit la disposition du capital de 509,737 fr. 94 c. qu'il abandonne à son neveu, sans même exiger de lui aucune garantie, et en restreignant son droit sur la somme, à une perception viagère des intérêts qui lui seront servis par J. Vayson.

Il n'y a pas un mot dans ladite déclaration qui indique l'intention par M. Max Vayson de se réserver la faculté de révoquer sa disposition !

Au contraire, la stipulation expresse d'une condition résolutoire en cas de prédécès du neveu est plutôt exclusive de cette intention. En effet, pourquoi révoquer pour un cas unique si l'on entend se réser ver la faculté absolue de révoquer, qui est essentiellement attachée à la donation à cause de mort? Ce n'est pas tout ! Les donations à cause de mort ont toujours été considérées, de l'aveu même de l'auteur de la Consultation, comme révoquées de plein droit par le prédécès du donataire *préféré seulement* aux héritiers du donateur. Une condition résolutoire en cas de prédécès du donataire est donc complètement inutile et ne se comprend pas dans une donation à cause de mort. La stipulation de cette condition est au contraire très utile s'il y a dessaisissement actuel et *irrévocable* !

Il n'y a donc pas disposition à *cause de mort*, et cela est au surplus évident en présence de ces mots : « J'ajoute que par mon testament » j'ai fait mon neveu J.-A. Vayson mon légataire universel, et que. » mourant avant lui, la présente déclaration sera inutile. » En effet,.

cette déclaration eût été inutile d'une manière absolue dès le 13 août 1856 en tant que donation à cause de mort, puisqu'une donation de cette espèce est essentiellement révocable de sa nature, et que, dès lors, la déclaration qui n'ajoutait rien aux avantages dont J. Vayson était déjà *en possession*, n'aurait rien ajouté non plus aux droits qui devaient résulter pour lui d'un testament qui l'instituait légataire universel de son oncle.

Il faut donc laisser de côté les insinuations à l'aide desquelles on essaie de faire croire à une donation à cause de mort déterminée par un voyage et par les risques qu'il pouvait présenter pour M. Max. Vayson! Il ne pouvait avoir aucune préoccupation à cet égard puisqu'il laissait derrière lui un testament instituant J. Vayson légataire universel.

La donation *à cause de mort* étant inadmissible en présence des termes mêmes de la déclaration du 13 août 1856, il faut en revenir à l'idée de la *remise de dette* qui en ressort si naturellement, et si on y revient, c'est pour prévenir une confusion qui pourrait être faite en lisant, à la page 79 de la Consultation, une thèse tendant à prouver que la remise de dette qui est, de l'avis de tous les auteurs, une libéralité et une espèce de donation, quand elle n'est pas le résultat d'une *transaction* ou la conséquence d'une faillite, n'est pas irrévocable d'une manière absolue.

Cela est parfaitement exact, et l'opinion émise de Pothier, en traitant de la révocation des donations par survenance d'enfant ou par l'ingratitude du donataire, est parfaitement juridique en ce qu'il ne fait pas de différence, sous le rapport de la révocabilité, entre la remise de dette et la donation, parce que la remise de dette est *une vraie donation.*

Toullier exprime la même opinion en ces termes, T v, n° 312 :

« Pothier pense que la remise d'une dette faite par le créancier à
» son débiteur est soumise à la révocation par survenance d'enfant
» lorsqu'elle est faite par pure libéralité, cette révocation serait sûre-
» ment admise s'il existait un acte de donation ; mais si le don était

» indirect, comme par la remise du titre ou par une quittance pure
» et simple, on ne pense pas que la révocation fût prononcée. »

La libéralité, ou donation pour laquelle a été employée la voie de
la remise de la dette est susceptible, comme toute donation de renonciation, au cas de survenance d'enfant. Tous les auteurs qni ont pro-
fessé cette doctrine ont implicitement, mais nécessairement reconnu
que la donation résultant d'une remise de dette n'était pas nulle, lorsqu'elle était déguisée sous cette forme, puisqu'elle n'aurait pas alors
besoin d'être révoquée, et qu'en effet il n'y a révocation que de
ce qui existe.

Cela veut dire que la révocation, dans le cas dont il s'agit, ne serait
admise qu'autant qu'il y aurait un acte solennel *de donation entre-vifs*,
mais qu'il faut qu'il y ait une preuve *directe* de la *remise*, car si le don
était *indirect*, la preuve d'une remise *gratuite* manquerait.

On laisse ici de côté ce qui est dit incidemment dans cette partie de
la Consultation à l'occasion du mobilier de Pont-Remy, pour éviter
des répétitions; on y reviendra en examinant la *proposition* concernant
spécialement cet objet.

Disons donc que la déclaration du 15 août 1856, par elle-même,
et abstraction faite des faits et des écritures de 1850 et 1855 serait
encore pour M. J. Vayson un titre libératoire parfaitement valable,
comme constituant une remise du capital de 309,737 fr. 94 c., avec
réserve des intérêts au profit de l'oncle et avec une clause résolutoire
en cas de prédécès du neveu.

Deuxième proposition de la Consultation.

*Cette proposition est que le jugement du Tribunal de commerce doit
être réformé, en ce qu'il a omis de statuer sur les intérêts de la somme de
309,737 fr. 94 c., auxquels il avait été conclu en première instance.*

On comprend tout de suite que cette proposition n'est pas sérieuse
et qu'elle n'est qu'un prétexte pour arriver au milieu d'explications
contournées à cette autre proposition qu'on ose à peine faire deviner;
M. Max. Vayson peut conclure subsidiairement et pour le cas où il

succomberait dans sa demande en paiement des 509,737 fr. 94 c., à l'application à son profit de la réserve d'intérêts formulée dans la dé-claration du 13 août 1856.

C'est bien là cependant la vraie et la seule question qui puisse s'é-lever à l'occasion des intérêts des 509,737 fr., 94 c., sur lesquels les premiers juges n'avaient pas à statuer du moment où ils décidaient que M. Max. Vayson n'avait pas droit au capital réclamé! L'unique question qui leur était posée était celle de savoir si M. Max. Vayson, répudiant la déclaration du 13 août 1856 comme nulle et non avenue en refusant d'en exécuter les dispositions, avait droit aux 509,737 fr. 94 c.; et aux intérêts échus qui en étaient l'accessoire.

Le Tribunal a décidé que remise pure et simple et sans *réserve d'in-térêts* avait été faite de cette somme à J. Vayson par son oncle, lors du règlement de leur situation respective par inventaire au 31 mars 1855.

Il n'était pas saisi de conclusions subsidiaires qui eussent d'ailleurs été complètement illogiques dans le système de M. Max. Vayson : en effet, du moment où il répudiait formellement la déclaration et agis-sait comme si elle n'existait pas, réclamant, outre les 509,737 fr. 94 c., le mobilier d'Abbeville, le mobilier de Pont-Remy, et un solde énorme du compte-courant redressé par lui au mépris de toutes les dispositions de la déclaration du 15 août, M. Max. Vayson ne pouvait pas revendiquer *subsidiairement* le bénéfice de cette déclaration sur un point isolé, où elle lui était avantageuse, tout en continuant de la repousser sur tous les autres points qui offraient des avantages pour J. Vayson.

Devant les premiers juges M. Max. Vayson ne demandait, et ne pouvait demander les intérêts que comme accessoire du capital ; c'est ce qu'il a fait. Concluera-t-il autrement à la barre de la Cour ? C'est ce que la Consultation permet de supposer, et dès-lors quelques ob-servations trouvent ici naturellement leur place.

La position de M. Max. Vayson devant la Cour est, au fond, ce qu'elle était devant les premiers juges. Elle n'est modifiée qu'en ap-parence : il renonce à une prétention insoutenable, et que cependant il avait soutenue devant les premiers juges, par rapport au mobilier industriel d'Abbeville.

M. J. Vayson n'avait pas besoin de cette renonciation ; il n'avait pas besoin, même pour appuyer son droit indiscutable, de la déclaration du 13 août 1856.

Quelle est donc la position des parties devant la Cour, par rapport à la déclaration du 13 août 1856 ? Elle est la même que devant les premiers juges ! M. Max. Vayson a fait les procès dans lesquels il a succombé parce qu'il a voulu se dégager des liens de cette déclaration, pour redemander à son neveu tout ce que celui-ci tenait de lui, beaucoup plus même que ce qu'il en avait reçu ! Il a renoncé devant le juge-commissaire et à la barre du Tribunal à des contestations reconnues impossibles sur un compte basé sur des écritures régulières ; mais il a persisté dans tout le surplus de ses prétentions, et sur un point même il a obtenu gain de cause en faisant ordonner que J. Vayson quitterait les usines d'Abbeville et de Pont-Remy, dont la déclaration du 13 août 1856 lui assurait la jouissance gratuite jusqu'au décès de son oncle. Aujourd'hui il renonce à réclamer le mobilier d'Abbeville, mais il persiste à réclamer celui de Pont-Remy et à demander les 509,757 fr. 94 c. en capital, ainsi que les bénéfices de Pont-Remy du 31 mars 1855 au 13 août 1856.

M. Max. Vayson peut-il aujourd'hui ce qu'il ne pouvait pas en première instance, c'est-à-dire peut-il annuler le bénéfice de la déclaration du 13 août 1856 (en ce qu'elle restreint à la nue-propriété une remise antérieure qui était de la toute propriété) avec le bénéfice qu'il prétend retirer de son inefficacité sur certains points et de la nullité, par lui alléguée, sur d'autres points ?

Il est évident que non ! Il y aurait là une contradiction choquante.

M. Max. Vayson ne pourrait pas même conclure *subsidiairement* aux intérêts des 509,757 fr. 94 c., dans la prévision du cas où il succomberait non-seulement dans la demande en paiement de cette somme, mais encore dans sa demande en remise du mobilier industriel de Pont-Remy.

En effet, les choses ne sont plus entières : les usines de Pont-Remy et d'Abbeville, sont, par l'effet du jugement du Tribunal civil, en la possession légsle de M. Max. Vayson qui a droit à un loyer à partir de l'époque fixée par le Tribunal! Si donc il est établi que J. Vayson était propriétaire absolu au 31 mars 1855 des 509,737 fr. 94 c., par l'effet d'une remise de dette pure, simple et sans réserve, M. Max. Vayson ne peut plus lui opposer la réserve d'intérêts qu'il lui avait imposée par la déclaration du 13 août 1856 puisqu'il profiterait d'une disposition restrictive de cet acte, sans laisser à J. Vayson le bénéfice des autres dispositions.

L'acceptation de cette déclaration par J. Vayson ne peut être divisée sans une extrême injustice, les dispositions diverses qui la composent se relient les unes aux autres pour former un ensemble qui a déterminé l'acceptation.

Il faudrait donc, pour que des conclusions subsidiaires fussent recevables et admissibles, qu'il fût décidé que la remise de dette au 31 mars 1855 n'existait pas, ou qu'elle était subordonnée à un projet de mariage qui n'a point abouti, ou que cette remise était faite avec réserve des intérêts. Dans ce cas seulement, la remise du 13 août 1856 n'aurait plus été à l'égard des 509,737 fr. 94 c., une disposition restrictive d'un avantage précédent, et la demande des intérêts pourrait subsister à côté du rejet de la demande du capital.

C'est ce qui peut expliquer les efforts tentés pour changer complètement la cause, aussi bien dans les faits qui en sont la base, que dans les moyens invoqués par M. Max. Vayson ; c'est pour cela que l'on a voulu, à tout prix, que J. Vayson, ne fût pas donataire en 1850, et qu'il ne fût donataire en 1855, que sous une condition qui ne s'est pas réalisée. Il ne serait même pas impossible que tant et de si laborieux efforts eussent été combinés, principalement en vue d'une question subsidiaire qui n'est pas indiquée dans le Mémoire à consulter, qui semble se produire dans la Consultation, mais en termes si obscurs, et avec un tel mélange d'observations relatives aux *intérêts moratoires*, qu'on paraît avoir voulu la dérober à l'attention du lecteur, sans cependant encourir le reproche de ne pas en avoir parlé du tout.

10

On a démontré que J. Vayson était donataire, dès 1850, par remise de dette, de la nue-propriété des 519,034 fr. 86 c.

On a démontré, qu'en 1855, et par suite d'un règlement gé. néral et complet de la situation des parties, tant à Abbeville qu'à Pont Remy, M. Max. Vayson a ressaisi, de sa propre autorité, la pleine propriété des 209,296 fr. 92 c. sur les 519,034 fr. 86 c.; mais, qu'en compensation de la reprise par lui exercée, il laisse- rait à J. Vayson la *toute propriété* des 309,337 fr. 94 c. formant le complément des 519,034 fr. 86 c.

On conteste, dans la Consultation, que la remise des 309,737 francs 94 c., eût été pure et simple. Elle devait l'être, autrement, le neveu n'aurait pas été indemnisé de la réduction à 309,737 fr. 94 c. des 519,034 fr. 86 c. dont il avait la nue-propriété depuis 1850.

La note du 31 *mars* 1855 prouve l'abandon pur et simple, puisqu'elle ne contient aucune réserve pour les intérêts, et les mots *Jeannin est donataire* sont absolus.

Ce n'est que dans la déclaration du 13 août 1856, que M. Max. Vayson, faisant abstraction de la note et des écritures du 31 mars 1855, fait une nouvelle remise des 309,757 fr. 94 c. pour avoir occasion de stipuler une réserve d'intérêts qui n'existait pas en 1855.

Les écritures du 31 mars 1855 ont été passées conformément à la *note*, et avant la clôture de l'inventaire dont cette note vient modifier le résultat. Elles ont eu pour but et pour effet de laisser Max. Vayson, par son ordre formel, *sans aucun titre*, sur les li- vres, relativement à la somme dont il s'agit, de telle façon, qu'en dehors de la déclaration du 13 août 1856, il ne peut donner au- cune base à une réclamation, soit du capital, soit des intérêts.

On a démontré, en effet, que la mention écrite, datée et signée par M. Max. Vayson, au bas du résumé d'inventaire qui clot sa comptabilité au 28 février 1850, n'est pas un titre par elle-même, et qu'elle ne peut être invoquée isolément des écritures tenues par J. Vayson, qui attribuait à ce dernier, la propriété du capital de 519,034 fr. 86 c.

Il est si vrai que la remise du 31 mars 1855 était pure et simple, et sans réserve d'intérêts, que le 31 octobre 1856, J. Vayson n'a pas passé écriture pour les intérêts des 309,737 fr. 94 c., comme il l'avait fait jusque là, pour les 519,034 fr. 86 c. ! Il a passé une écriture copiée exactement sur la déclaration du 13 août 1856, à laquelle il n'avait pas cru devoir résister, parce que ce n'était qu'en exécution de cette déclaration, qu'il avait à *créditer* son oncle des intérêts, DEPUIS LE 31 MARS 1855 !

On se bornera, quant à présent, à ces observations sur un point où l'on s'est un peu trop écarté du but que l'on se proposait, et qui était de répondre à des arguments proposés dans la Consultation.

3me ET 4me PROPOSITIONS

SUR LES RECTIFICATIONS A FAIRE AU COMPTE.

On sera très bref dans la réponse à faire ici à la Consultation. On ne saurait, en effet, prendre au sérieux les droits qu'on attribue à M. Max. Vayson, de faire contrepasser toutes les écritures de l'inventaire du 31 mars 1855, ni les détails donnés, soit pour justifier le droit que nous avons déjà démontré n'avoir jamais existé, soit pour expliquer pourquoi l'auteur de la Consultation engage M. Max. Vayson à ne pas insister sur ce point. Tout cela est sans intérêt sérieux et même sans prétexte.

Il n'y a pas, non plus, intérêt sérieux à reproduire, sous forme de rectification à faire aux écritures : 1° la demande en paiement des 309,737 fr. 94 c. ; 2° celle en paiement des intérêts.

C'est sous la même forme que l'on demande les bénéfices de la filature de Pont Remy, du 31 mars 1855 au 13 août 1856.

Ce nouvel artifice d'exposition ne paraît avoir d'autre but, que de faire accepter, sans trop de surprise, l'étrange et bizarre rectification demandée, à l'occasion de l'écriture passée le 31 août

1856, pour une somme de 33,172 fr. dont on a expliqué l'origine dans la réponse au Mémoire à consulter.

Le Tribunal a-t-il eu tort, en ce qui concerne les bénéfices de Pont-Remy, de prendre pour base de sa décision les termes si clairs et si précis de la note du 31 mars 1855 · « annuler ainsi le compte » de Pont-Remy, qui sera, à l'avenir, à la manufacture ? » ou en aurait-il rencontré une plus positive et plus certaine ? 'I

Il est inexact de dire que la décision s'appuie sur ce fait, qu'au 31 mars 1855, *toutes* les factures ont été signées ! Il n'y a pas un mot dans le jugement, en cette partie, qui fasse allusion aux factures ; quoiqu'il soit vrai que ce même jour, 31 mars 1855, Jean Vayson a passé une écriture constatant *qu'il avait acquis le mobilier de Pont-Remy*, et que son oncle lui en avait donné *facture acquittée* de 65,000 fr., fait qui n'a pas une connexité nécessaire avec l'abandon, par Max. Vayson, au profit de son neveu, des bénéfices de Pont-Remy.

La note, suivant l'auteur de la Consultation, ne veut pas dire : « Je vous donne, pour l'avenir, les profits de Pont-Remy. » Qu'on explique donc autrement la confusion de ces bénéfices avec ceux de la manufacture d'Abbeville !

Si l'auteur de la Consultation ne veut pas se rendre à l'évidence des termes précis de la note du 31 mars, il comprend que son système le conduira trop loin, et que, logiquement, il faudra demander le compte de la gestion de Pont-Remy jusqu'aujourd'hui ! Alors il prend la déclaration du 13 août 1856, et il y trouve une renonciation implicite aux bénéfices de Pont-Remy, pour l'avenir ! c'est-à-dire qu'il fait dire à l'écrit du 13 août ce qu'il ne dit pas, et qu'il refuse de se rendre à ce qui est dit nettement dans la note du 31 mars 1855 !

Si la déclaration du 13 août contient une renonciation implicite aux bénéfices de Pont-Remy, cette renonciation doit s'appliquer aussi bien aux bénéfices du passé qu'à ceux de l'avenir! L'auteur de la Consultation sera donc obligé d'y trouver aussi une réserve implicite pour les bénéfices antérieurs au 13 août 1856.

A l'égard des 53,182 fr., la Consultation ne peut provoquer aucune réponse de quelqu'intérêt.

On reconnaît que les intérêts de cette somme, portés au débit de M. Max. Vayson, ne peuvent pas en être retirés! Donc pas de contestation sérieuse sur ce point.

Le capital a-t-il pu être porté au débit de l'oncle par le neveu, le 15 août 1856? Est-ce la question de savoir si M. Max. Vayson doit ou ne doit pas cette somme! Il la doit, et les titres sont dans les mains de Jean Vayson.

On attendra les conclusions qui seront prises à la barre de la Cour, pour répondre, s'il y a lieu, à ce qui sera requis de ce chef, qui n'a de raison d'être au procès que par la nécessité où l'on était de se procurer, à tout prix, ce que l'on appelle une *preuve irréfragable* de l'existence de la convention résolutoire du 25 juin 1850. Il suffit de renvoyer, à cet égard, à la réponse au Mémoire à consulter.

5me. PROPOSITION.

Nullité du jugement du Tribunal de commerce d'Abbeville, sur la demande reconventionnelle de J. Vayson, pour cause d'excès de pouvoir et d'incompétence.

On ne répondra pas ici, pour M. J. Vayson, aux réflexions qui n'ont aucun rapport avec la question de droit qui est soulevée pour la première fois devant la Cour. On dira seulement que la position faite à Jean Vayson, tant par la demande elle-même, que par le redressement du compte courant dont son oncle l'avait fait précéder, paraîtra peut-être une explication suffisante de la réclamation d'ailleurs légitime et fondée qu'il a opposée, par voie de demande reconventionnelle, aux répétitions injustes qui étaient exercées contre lui.

Quant à la question d'incompétence, il est presque superflu de dire qu'elle est destituée de tout intérêt sérieux. Les parties plaidaient à Abbeville sur des actes et des faits consommés à Abbeville ; la réclamation du neveu ne pouvait être examinée et discutée que sur les livres d'un banquier de la même localité! Il opposait une compensation ; pourquoi ne pas la discuter ; pourquoi deux procès, l'un à Carpentras, l'autre à Abbeville, lorsqu'il s'agissait d'apurer un compte courant entre les parties ?

Aussi n'y a-t on pas songé, et l'on a fait remarquer, dans l'analyse de la procédure, en réponse à celle du Mémoire à consulter, que ni M. Max. Vayson ni ses conseils n'avaient pensé à se retrancher derrière un déclinatoire! L'exception d'incompétence n'a été soulevée, ni devant le juge-commissaire, délégué par le Tribunal, ni devant le Tribunal lui-même ; et quand l'auteur de la Consultation dit : qu'on a soulevé le déclinatoire par les mots : *déclarer la demande non-recevable*, il se met en contradiction, non seulement avec le sens vrai et pratique de cette formule, mais encore avec les motifs des conclusions déposées! On y discutait une partie de la demande reconventionnelle au fond, et sur le surplus on disait aussi *au fond*, que M. Max. Vayson prêterait le serment qui lui était déféré devant le juge de paix de sa résidence !

Il est de toute évidence que l'incompétence *ratione loci* a été couverte par la défense au fond.

Il faut donc, pour que le déclinatoire puisse être proposé, pour la première fois, en cause d'appel, qu'il ait été proposé en même temps *ratione materiæ*.

Sur ce point, l'auteur de la Consultation se borne à dire que la demande portée devant le Tribunal de commerce était une demande en règlement d'un compte courant, laissant subsister, indépendantes du compte, toutes les actions civiles que les parties pouvaient avoir l'une contre l'autre !

La réponse a déjà été faite à cette appréciation erronée du compte courant, tel qu'il existait entre les parties. Ce compte embrassait la totalité des rapports pécuniaires de l'oncle et du neveu. Il ne laissait rien en dehors ; donc la demande en compensation pouvait légitimement se formuler reconventionnellement contre la demande en apurement d'un compte courant qui avait ce caractère général !

Pourquoi veut-on décliner aujourd'hui la compétence du Tribunal d'Abbeville ? L'auteur de la Consultation ne le dit pas, mais, comme toujours, il le fait deviner en se livrant à une discussion *du fond*, qui serait, tout au moins inutile, si l'incompétence existait.

Cet examen du fond a encore cela d'étrange, qu'il a toutes les apparences d'un désaveu du serment que M. Max. Vayson a déclaré être prêt à prêter devant le juge de paix de son canton, *la maladie et son grand âge lui rendant tout déplacement impossible*.

Cette discussion du fond n'est encore qu'une fin de non-recevoir à laquelle on n'avait pas plus songé qu'à l'exception d'incompétence : qu'il y aurait eu, dit-on, transaction sur ce qui formait l'objet de la demande de J. Vayson ; que cette transaction résulterait de la combinaison des actes des 30 juillet et 7 août 1856. Il suffit de jeter un coup-d'œil sur ces deux actes, pour se convaincre que ni l'un ni l'autre n'ont le caractère d'une *transaction* !

Ils ne forment pas davantage ce qu'on appelle un accord général sur les affaires de la succession de Mᵐᵉ Vayson, encore bien moins une transaction sur un ou plusieurs points déterminés.

Il n'y a même pas de liquidation régulière, et lors même qu'il y aurait eu une liquidation régulière, ce qui ne serait, en réalité, qu'un compte, il serait toujours permis d'y réparer les erreurs ou les omissions.

Il n'est pas nécessaire de suivre l'auteur de la Consultation dans des allégations de fait qu'il emprunte au Mémoire à consulter, pour établir, en dehors des actes eux-mêmes, qu'ils ont un caractère transactionnel.

Ces allégations, qui ne sont pas exactes, sont d'ailleurs complètement dénuées de preuve.

Rappelons seulement que l'on a déjà fait apprécier la valeur de l'acte du 7 août, au point de vue des prétendus avantages qu'il conférerait à M. Jean Vayson, et que l'on ne saurait donc admettre, surtout par simple supposition, une compensation tacitement convenue entre ces avantages et les sommes qui étaient dues à Jean Vayson, comme légataire universel de sa tante.

A l'égard d'une somme de 10,000 fr. en or, on se contente de répondre que M. Vayson ne sait ce que son neveu veut lui dire. On ajoute, en droit, que les deniers qui se trouvent dans un meuble de la maison conjugale sont présumés appartenir à l'époux, même séparé de biens. L'auteur de la Consultation a, sans doute, perdu de vue, que M. J. Vayson, en déférant le serment litis-décisoire à son oncle, a déclaré s'en rapporter entièrement à sa foi, et que, si M. Max. Vayson ne sait rien sur les 10,000 fr. à lui réclamés, le serment n'en est que plus facile à prêter.

6me PROPOSITION

Sur le mobilier industriel de Pont-Remy.

L'auteur de la Consultation ne traite pas en thèse la question de revendication du mobilier industriel de Pont-Remy. Il se borne à soutenir, en fait, par une simple affirmation, que le mobilier industriel de Pont-Remy, immeuble par destination, n'a jamais été vendu ni donné; que l'oncle a offert de le donner, en mars 1855, si le mariage du neveu s'accomplissait; mais que le mariage ne s'est pas accompli, et qu'enfin c'est pour cela qu'il n'a pas voulu signer la facture de ce mobilier, en 1856 : à cette époque il a donné ce mobilier, mais par une donation à cause de mort.

Il a été démontré, dans les Conclusions, qu'en fait, le mobilier industriel de Pont-Remy a été cédé gratuitement à Jean Vayson, en 1855, comme le mobilier industriel d'Abbeville lui avait été cédé en 1850, dans des circonstances pareilles et par les mêmes moyens.

En 1850, on installait Jean Vayson en lui abandonnant la suite des affaires, et une écriture passée du consentement, ou plutôt par l'ordre de M. Max. Vayson, constatait l'existence d'une cession par facture du mobilier industriel.

En 1855, on réglait à nouveau, d'une manière générale et complète, la situation des parties, tant à Abbeville qu'à Pont-Remy.

Le compte de Pont-Remy est définitivement annulé, parce que désormais les bénéfices en seront confondus avec ceux de la manufacture d'Abbeville ! Il y avait donc nécessité absolue de rendre Jean Vayson propriétaire du mobilier industriel d'une filature qu'il allait exploiter pour son compte et à ses risques, de même qu'il y avait eu nécessité absolue de le rendre propriétaire du mobilier de la manufacture, en 1850. Quel moyen prend-on pour opérer cette transmission de propriété ? le même moyen qu'on avait employé en 1850, c'est-à-dire une écriture passée sur les livres, du consentement *reconnu et constaté* de M. Max. Vayson, écriture qui est un article de compte capital, actif net, au profit de Jean Vayson, pareille à l'écriture du 1er mars 1850, et qui de plus contient l'énonciation précise qu'il y a eu cession et remise d'une FACTURE ACQUITTÉE.

En 1850 et 1855, y avait-il des factures ? cela n'est ni contestable ni sérieusement contesté ! Par qui ont elles été dressées à ces deux époques ? par Jean Vayson ! Ont-elles été signées et quittancées par Max. Vayson ? non. Pourquoi ?

C'est que d'abord cela ne pouvait devenir sérieusement utile qu'en prévision d'une contestation de la part de l'oncle ! on ne la redoutait pas, on n'avait aucune raison de la redouter, ni en 1850, ni en 1855. L'oncle a gardé les factures, et le neveu, plein de sécurité et de confiance, n'en a jamais parlé que *pour ordre* et afin de pouvoir placer en tout temps, à côté de chaque article d'écriture, l'énonciation de la pièce à laquelle il se référait !

Si J. Vayson n'avait aucune raison d'exiger que les factures lui fussent remises signées et quittancées, M. Max. Vayson n'avait pas de raison non plus pour se presser : cela n'était nécessaire ni pour le mobilier d'Abbeville ni pour le mobilier de Pont Remy, les écritures suffisaient ! Aussi est-ce la pensée exprimée par M. Max. Vayson dans la lettre du 9 août 1856 : « *Je ne signe pas les factures datées du 31 — 1855. J'AI FAIT UN ARTICLE D'ÉCRITURE SUR LES LIVRES, ET JE FERAI SOUS PEU, ETC.* »

Peut-on dire sérieusement, en présence de pareils faits et de tels

11

documents, que M. Max. Vayson n'a ni *vendu* ni *donné* le mobilier industriel de Pont-Remy ?

En fait, il y a preuve et même aveu que l'écriture du 31 mars 1855 a été portée au livre de J. Vayson du consentement de Max. Vayson ? Donc, il y a preuve, en fait, de l'accord des parties pour cons tater, sur le livre, l'existence d'une cession opérée par facture acquittée !

On objecte, il est vrai, que c'est en vue d'un mariage projeté et non accompli, que tout se faisait au 31 mars 1855, mais l'objection elle-même suppose que si le mariage s'était accompli, l'écriture concernant le mobilier industriel de Pont-Remy aurait été, aux yeux de M. Max. Vayson lui-même, un titre suffisant pour constituer J. Vayson *acheteur libéré* ou donataire indirect du mobilier lui-même ou du prix de facture de ce mobilier.

Donc, M. Max. Vayson en est réduit à l'objection elle-même, et il n'a pas d'autre moyen de lutter contre les conséquences d'une écriture qui n'a existé que de son consentement, et qui avait à ses yeux, au moment où elle a été passée, la valeur d'une preuve complète d'une cession par facture et par facture acquittée.

L'objection tirée du projet de mariage est faite par M. Max. Vayson, c'est à lui qu'il incomberait de la prouver ! C'est ce qu'il ne fait pas ; ses allégations sont démenties par l'ensemble des faits et des documents de la cause, et notamment par la lettre du 9 août 1856 que l'auteur de la Consultation soumet vainement à la torture pour la forcer à dire autre chose que ce qu'elle exprime.

Cette objection est également démentie par les documents contemporains du projet de mariage, documents qui établissent : 1° qu'il y avait en 1855 des libéralités irrévocablement acquises à J. Vayson, par opposition à celles qu'il devait recevoir en contrat de mariage, 2° que les deux mobiliers d'Abbeville et de Pont-Remy entraient nécessairement dans la dot que le neveu devait se constituer lui-même, et qui *échappait* au droit de retour que l'oncle voulait stipuler à l'égard des donations nouvelles qu'il entendait faire au profit du futur époux.

Ces mêmes documents confirment d'ailleurs la preuve résultant de l'écriture du 31 mars 1855, en démontrant que M. Max. Vayson reconnaissait et déclarait formellement qu'il avait facturé le mobilier d'Abbeville et qu'il avait cédé le mobilier de Pont-Remy.

On ne revient ici sur ce qui est établi avec plus de détails et de précision dans les conclusions, que parce qu'il y a là une explication et une réponse, à l'égard des violences de langage auxquelles donne lieu la production de ces documents ! L'indignation un peu factice qu'elle provoque est en raison de leur importance et de leur indiscutable précision !

On ne suivra donc pas l'auteur de la Consultation dans le détail des critiques qu'il a faites, distinctement, sur chacun des motifs du jugement du Tribunal civil d'Abbeville : ces motifs sont parfaitement juridiques ; ils réfutent eux-mêmes dans leur ensemble la plupart des objections proposées contre chacun d'eux en particulier.

Disons seulement :

1° Que J. Vayson, au 31 mars 1855, a laissé porter au compte personnel de M. Max. Vayson la balance du compte de Pont-Remy, parce que telle était la volonté de son oncle, et que c'était l'une des conditions du règlement général et complet de la situation des parties à cette époque.

M. Max. Vayson n'a aucun document propre à établir la prétendue qualité de *gérant* qu'il applique à son neveu ; la mention du 28 février 1850 constate, au contraire, une cession générale des affaires et un accord entre les parties, sur l'importance et la valeur des deux mobiliers d'Abbeville et de Pont-Remy.

M. J. Vayson a possédé en maître et propriétaire, *animo domini*, et dès lors l'article 2,279 du Code Napoléon serait incontestablement applicable, si M. Max. Vayson ne se retranchait derrière la fiction de *l'immobilisation* du matériel industriel, par *destination* ! Cela peut être un obstacle à l'application de l'article 2,279, mais celle qui résulterait de ce que J. Vayson aurait possédé en qualité de gérant, n'existe pas.

2° Que Max. Vayson a donné *matériellement* une facture quittancée, ou une facture, puis une quittance, relativement à la cession du mobilier de Pont-Remy ; que c'est de son consentement qu'a été portée sur le livre de J. Vayson l'écriture du 31 mars, portant que ce dernier avait acquis le mobilier de Pont-Remy au prix de 65,000 fr., dont son oncle lui avait donné facture acquittée.

Que sur ces diverses circonstances de fait, la décision des premiers juges constate dans ses motifs l'existence du consentement de M. Max. Vayson à l'écriture du 31 mars 1855, qu'il est donc loisible à l'auteur de la Consultation de déclarer qu'il ne connaît pas les livres, qu'il eût connus, s'il eût voulu se donner la peine de se déplacer, mais qu'il ne peut prétexter de la même ignorance de la part de son client.

3° Que le sens de la lettre du 9 août 1856 n'est pas douteux ; qu'elle prouve, sans contestation possible, qu'il y avait des factures, et que M. Max. Vayson, au lieu de les signer et quittancer, a écrit « qu'il ne le ferait pas, en ajoutant : *J'ai fait un article d'écriture sur les livres et je ferai sous peu,* etc., ce qui signifie très nettement qu'il s'en réfère aux écritures qui rendent la régularisation des factures INUTILE.

L'auteur de la Consultation, pour ne pas adopter ce sens clair et naturel d'une lettre écrite au courant de la plume, en prend juridiquement tous les termes et les commente comme on pourrait le faire s'il s'agissait d'appliquer le texte rigoureux d'un article de la loi pénale !

Alors les mots : *J'ai fait un article d'écriture sur les livres,* doivent se rapporter à un article fait de *la main* de M. Max. Vayson, il faudrait même *deux* écritures, puisqu'il y a deux factures : mais M. Vayson ne se *souvient pas* d'un article de sa main fait à cette époque ; il pense qu'il a fait allusion à la signature de la mention du 28 février 1850 ! mais l'auteur de la Consultation croit que son client se trompe, et qu'il y a confusion dans son esprit, que la lettre doit se référer à une écriture faite sur les livres le 7 août 1856, de la main de M. Max. Vayson ? C'est dans cette supposition que, bien que l'on sache qu'il n'existe pas d'écriture à cette date de la main de M. Max. Vayson, on insiste sur la nécessité d'une communication des livres, comme si elle n'avait pas été faite aussi complète que possible, en première instance, et comme si ces écritures n'avaient pas été complètement scrutées et vérifiées, dans l'intérêt de M. Max. Vayson, par un comptable d'une capacité reconnue, M. Jourdain, arbitre de commerce, et qui a acquis la confiance de la Cour, comme si enfin ces écritures ne sont pas toujours à la disposition de M. Max. Vayson, et de ses conseils. Tout cela n'est pas sérieux et n'a pas besoin d'être réfuté.

4° Que les deux lettres écrites par M. Max. Vayson, en 1855, l'une à son neveu, l'autre à un tiers, ne sont, il est vrai, ni des titres, ni des actes récognitifs, mais qu'elles confirment la sincérité des écritures passées aux livres, et détruisent radicalement l'objection tirée de ce que les libéralités du 31 mars 1855 étaient subordonnées à la conclusion du mariage qui n'a point abouti.

On affecte, dans la Consultation, d'ignorer que la prétendue lettre, qui aurait été *livrée* par un tiers à M. J. Vayson, n'est qu'un brouillon que M. Max. Vayson lui-même a remis à son neveu.

5° Que M. Max. Vayson ne peut pas dire *qu'il ne sait* si M. J. Vayson a porté sur ses livres une vente fictive. Il a reconnu le contraire, et le jugement le constate. Il y a sur les livres l'énonciation d'une cession par facture et de la remise d'une facture acquittée, et le consentement donné par M. Max. Vayson à ce que cette écriture fût passée, fait de cette preuve une preuve juridique de l'existence de la cession par facture et de la libération de J. Vayson. Il n'y a donc pas lieu d'équivoquer, comme on le fait, sur la question de savoir si les factures sont représentées et si elles sont quittancées, circonstances qui deviennent indifférentes en présence de l'écriture passée du consentement de M. Max. Vayson. En ce qui regarde les factures, M. Max. Vayson ne peut d'ailleurs alléguer aucune ignorance, ni se plaindre de ce qu'elles n'auraient pas été représentées, puisque c'est lui qui les a gardées en sa possession et qui *produit* et *communique* aujourd'hui, devant la Cour, *la facture du 31 mars 1855, pour le mobilier de Pont-Remy*, ainsi que la facture du 1 mars 1850 du mobilier d'Abbeville.

S'il est incontestable que le mobilier industriel de Pont-Remy est devenu la propriété de M. J. Vayson, le 31 mars 1855, sans condition ni restriction, il est trop clair qu'il n'a pas besoin, pour résister à la demande en revendication de M. Max. Vayson, d'invoquer la déclaration du 15 août 1856.

Mais alors même qu'il n'aurait d'autre titre que cette déclaration pour justifier ses droits à la propriété de ce mobilier industriel, ce titre suffirait pour faire repousser les prétentions de M. Max. Vayson.

En effet, la déclaration est ainsi conçue dans la partie concernant le mobilier de Pont-Remy : « Je déclare encore *qu'en lui confiant la* » *filature de Pont Remy, je n'ai pas entendu lui faire payer les intérêts* » *de la valeur du mobilier industriel qui m'a coûté plus de 150,000 fr.* » *Je déclare encore que je veux lui donner ledit mobilier, s'il me survit,* » *ainsi sauf le droit de retour en cas de prédécès,* IL EST LE PROPRIÉTAIRE » DE TOUT LE MOBILIER INDUSTRIEL QUI EST A PONT-REMY, *mais s'il mou-* » *rait avant moi, je rentre dans ma propriété.* »

Quelle était la position des parties à cette époque? La filature de Pont-Remy avait été définitivement réunie à la fabrique d'Abbeville, désormais J. Vayson devait exploiter pour son compte et à ses risques! M. Max. Vayson ne pouvait dire qu'il n'avait pas entendu faire payer par son neveu des intérêts de la valeur du mobilier industriel en 1850 et années suivantes, puisque, dans le règlement de la situation des parties au 31 mars 1855, tous les bénéfices de Pont Remy avaient été portés au crédit du compte de M. Max. Vayson. Donc, la première phrase de la déclaration se réfère évidemment à l'époque du 31 mars 1855, et M. Max. Vayson, fidèle à son habitude de dire *je confie* quand il abandonne, veut dire, très-certainement, qu'il a confié, c'est-à-dire abandonné la filature de Pont-Remy à son neveu, le 31 mars 1855 et qu'en le faisant il n'a pas eu l'intention de lui faire payer les *in-* *térêts de la valeur* du mobilier! Ces derniers mots ne peuvent signifier le loyer applicable à la jouissance du mobilier! Ils expriment claire-ment l'idée d'un intérêt produit par un capital et ils expriment très-bien, en dehors des écritures du 31 mars, par le fait non méconnu au procès et justifié au surplus par les pièces produites par M. Max,

Vayson lui-même, qu'il avait été dressé une facture de 65,000 fr. pour le mobilier de Pont-Remy.

La pensée de M. Max. Vayson se portait donc, non pas sur le mobilier en nature, mais sur la valeur estimative, quand il parlait des intérêts qu'il n'avait pas, entendu faire payer à son neveu ! Tel est le sens certain de cette partie de la déclaration.

Il n'est pas moins incontestable que dans la phrase suivante, lorsqu'il parle du mobilier de Pont-Remy, sa pensée porte encore sur la valeur de ce mobilier, et non sur le mobilier lui-même, et qu'il stipule comme créancier du montant d'une facture, et non comme propriétaire d'un matériel industriel.

En effet, un mobilier industriel ne perd pas seulement 10 0|0 de sa valeur, chaque année, par l'effet de la dépréciation commerciale ; mais il finit par être tout à fait hors de service, s'il n'est pas modifié, et s'il n'est pas renouvelé en partie suivant les nécessités de la fabrication. On comprend donc que, si M. Jean Vayson devenait donataire d'un mobilier, avec clause de droit de retour, au cas de prédécès, ce droit de retour pour M. Max. Vayson pouvait devenir illusoire après quelques années, puisque, le cas échéant, il pourrait ne plus exister qu'une faible partie des objets énumérés dans la facture du 31 mars 1855. Ce n'est évidemment pas là ce qu'entendait M. Max. Vayson, et il est bien certain que si le cas prévu s'était réalisé, et que M. Max. Vayson n'eût pu exercer son droit de retour que sur des métiers hors de service, et sur un matériel complètement usé, il aurait soutenu, avec raison, que les mots par lui employés avaient donné à sa déclaration une signification tout à fait étrangère à sa pensée, et que ce qu'il avait voulu frapper du droit de retour, c'était non un matériel sujet à dépérissement, mais son prix d'inventaire ou de facture : il l'eût soutenu avec d'autant plus de raison, qu'il était possesseur de la facture non signée du 31 mars 1855, qui prouvait que Jean Vayson, de qui elle émanait, n'avait pris possession du matériel que sur estimation, et que, dans l'intention des parties, ce matériel était devenu une chose fongible.

S'il en était ainsi, on comprend que dès le 31 mars, Jean Vayson était devenu propriétaire, tout au moins, par l'effet d'une estimation contradictoire, du mobilier industriel de Pont-Remy, et qu'en laissant de côté les écritures libératoires du 31 mars, il aurait été, dès ce jour, comptable envers M. Max. Vayson, son oncle, non pas des objets composant le matériel, mais de leur valeur !

Cela posé, et l'intention de M. Max. Vayson n'étant plus douteuse, la phrase suivante ne peut plus être un embarras sérieux pour caractériser la disposition ! Peu importe que les expressions employées semblent indiquer une donation du *mobilier en nature,* s'il est certain que dans la pensée du stipulant, c'est la valeur qu'il en abandonne ! Peu importe que le droit de retour paraisse réservé sur le mobilier *in spécie,* s'il est évident que la réserve ainsi entendue aurait été illusoire, et que c'est sur la valeur du mobilier que l'auteur de la déclaration entendait l'exercer ?

Il y aura, si l'on veut, quelque différence entre la première phrase et la seconde, et dans ce cas il y a lieu à interpréter, mais ici l'interprétation ne saurait être douteuse, si on la fait reposer, comme le veut la loi, sur l'intention présumée de l'auteur de la déclaration.

Il faut donc, pour caractériser la disposition, au point de vue du droit, en lui donnant le sens qui lui appartient réellement, traduire ainsi la déclaration dans sa partie finale : « Je déclare encore « que je veux lui *donner ladite valeur,* s'il me survit, sauf le droit » de retour, en cas de prédécès, *il est propriétaire de tout le mo-* » *bilier industriel qui est à Pont-Remy,* mais s'il meurt avant moi, » je rentre dans mes droits. »

La disposition ainsi formulée serait évidemment une remise de dette du même genre que celle des 509,737 fr. 94 c., et tout ce qui a été dit à l'occasion de cette somme, au point de vue de la validité d'une remise de dette, de l'importance du mot *donner* et de la question de savoir s'il y a donation entre-vifs ou donation à cause de mort, s'applique exactement ici. Il suffit de prier la Cour de s'y reporter.

7ᵐᵉ **PROPOSITION**

Par la déclaration du 13 août 1856, M. Max. Vayson avait dit :

« Je déclare enfin que, pour les bâtiments des Villaucourt et
» ceux de la filature de Pont-Remy, qui n'ont pas été compris
» dans les dons que j'ai faits à mon neveu, je n'entends lui en
» faire payer aucune redevance, à titre de loyer ou autre, j'ai
» réduit l'importance aux réparations et à l'entretien de ces bâ-
» timents, qui doivent être et qu'on doit trouver en bon état. »

M. Max. Vayson a fait signifier, le 5 avril 1858, à J. Vayson
un *congé* portant sommation d'avoir à cesser, *dans six mois* du
jour de la signification de cet acte, d'occuper tous les bâtiments
dont il jouissait, tant à Abbeville qu'à Pont-Remy, en vertu de
cette déclaration.

Cette sommation était faite sans réserver à M. Max. Vayson une
action quelconque pour réclamer une indemnité de jouissance,
à partir du jour de la signification du congé, jusqu'à l'expiration
des six mois,

En demandant plus tard la validité de ce congé devant le Tribunal civil d'Abbeville, M. Max. Vayson n'a pas conclu non plus
à ce qu'il lui fût payé un loyer ou une indemnité pour cette
jouissance de six mois, postérieure à la sommation.

Il paraissait même y avoir renoncé, au moins implicitement,
en abandonnant toute prétention aux loyers, tant devant le juge
commissaire, lors de la discussion du compte courant, que
devant le Tribunal de commerce.

Le jugement du Tribunal civil ayant décidé que la déclaration du
13 août 1856 ne constituait pas un bail valable, a validé le congé et
accordé à M. Jean Vayson un délai pour transporter ses deux maté-
riels de fabrique et de filature dans de nouveaux locaux, mais à la
charge par lui de payer, à partir du délai de six mois qui lui avait été

fixé dans le congé pour quitter les lieux, la valeur locative des usines
et bâtiments dont il aurait à faire compte sur état. (1)

Le Mémoire à consulter pose la question de savoir s'il n'y a pas
lieu de demander que l'indemnité à payer par J. Vayson, en exécution de ce jugement, ait son point de départ, non à l'expiration du
délai imparti par le congé pour remettre les lieux à la disposition de
M. Max. Vayson, mais à la date même de la signification du congé.

L'auteur de la Consultation répond qu'il s'est trompé en con-
seillant d'abord un appel de ce chef. Il est d'avis qu'il y a lieu de
s'en désister.

On doit penser que M. Max. Vayson se conformera à cette réso-
lution de son conseil, et dès-lors on ne fera aucune réflexion sur le
mérite d'une prétention qui paraît abandonnée.

Nous en avons fini avec l'examen du Mémoire à consulter et avec
la discussion de la Consultation qui en est la suite et le complément.
La série des faits et les principes les plus élémentaires du droit
nous semblent se réunir pour entraîner forcément la confirmation
de la double décision, témérairement frappée d'appel par M. Max
Vayson. Rendues par des magistrats, appartenant à deux ordres
différents de juridiction, à côté et au milieu desquels avait vécu pendant de longues années chacune des parties en cause, ces deux décisions successives empruntent l'une de l'autre une force morale qu'il
n'est pas permis de méconnaître : l'arrêt confirmatif que nous sol-
licitons de la conscience de la Cour viendra prouver une fois de plus
que la Justice ne saurait jamais être en désaccord avec le sentiment
intime de l'équité.

Dans cette note, pourtant bien longue, quoiqu'aussi courte qu'il
nous était possible de la rendre, nous nous sommes efforcés, dussions-
nous refouler nos propres impressions, de conserver une modération

(1)En ce qui touche le transport et la mise en place du matériel d'Abbeville, M. J.
Vayson a exécuté le jugement, et ce matériel est placé dans des bâtiments construits par
lui et à grands frais, et ses préparations sont faites pour en faire autant, dans le délai
imparti, à l'égard de celui de Pont-Remy.

commandée par la situation même de **M. J.** Vayson vis-à-vis de son oncle.

Si dans la conduite de **M, J.** Vayson rien ne justifie, rien même ne motive le procès actuel, si c'est une nécessité, mais en même temps une douleur pour lui de se défendre contre un homme qui, pendant trente ans, et il ne l'oubliera jamais, lui a tenu lieu de père, nous avons voulu, prenant modèle sur notre client, et nous appropriant ses inspirations, ne pas envenimer par des paroles irritantes une plaie qui est au vif aujourd'hi, mais que le temps peut cicatriser : Nous n'avons voulu rien faire en un mot, et nous avons la conscience d'avoir atteint notre but, qui ne puisse empêcher un jour **M. Max.** Vayson de tendre ses bras à son neveu, autrefois si aimé, et celui-ci ne s'y jeter avec bonheur.

L. MALOT, avocat, bâtonnier ;   **MITIFFEU**, avoué.

Amiens, imp. de E. Yvert.

www.ingramcontent.com/pod-product-compliance
Lightning Source LLC
Chambersburg PA
CBHW060438260626
47161CB00005B/1983